復刻版 秋香集 短歌

中村秋香 原著

桜井 仁 編

解説

中村秋香について

桜井 仁

〈その生涯〉

中村秋香《あきか》は天保十二（一八四一）年九月二十九日、現在の静岡市葵区一番町に生まれた。漢学者として著名な山梨稲川《とうせん》の二男玄昱《げんいく》には七人の子がいたが、その長子にあたる。幼名は小周次、後に不盡廼屋《ふじのや》と号した。

嘉永五（一八五二）年、十一歳にして『古今和歌集』『後撰和歌集』『拾遺和歌集』を読んでいた。萬延元（一八六〇）年七月、十九歳の時、国学・和歌を松木直秀（石川依平門人）に学んだ。松木直秀は琴園と号し、幕末駿府歌壇を代表する歌人の一人であり、秋香の母・美弥子の父にあたる。

文久二（一八六二）年、駿府明新館が開設されると、漢学修業のために入学する。そして、学生時代に牧野氏の娘と結婚。翌年、長男東一が誕生した。さらに、慶応二（一八六六）年に、明新館助教授となっている。明治に入り、高山秀平（周平）を名乗って八田知紀の指導を仰ぐ。

明治三年九月九日、一男一女を残し、夫人が他界する。明治九年には教部省大録に任ぜられ、同年、鈴木清子と再婚。この時、秋香三十五歳、清子三十三歳であった。翌明治十年、二男春二が誕生。この中村春二こそ後に成蹊学園創立者となった人物である。

明治十六年からは、短歌愛好者らが集う「芙蓉会」が月一回のペースで例会を開催するようになり、秋香もそれに参加していたと思われる。明治二十年に、東京高等女学校幹事に任ぜられる。明治二十二年には、長男東一を失うが、その後もさまざまな要職を歴任する。明治二十三年には、東京女子高等師範学校、第一高等中学校教授。明治二十七年には、東京音楽学校教務嘱託、国語伝習所講師。山田耕筰も秋香の和歌の弟子であったという。さらには、明治三十年に宮内省御歌所寄人。明治三十四年、勲六等瑞宝章を賜る。明治三十五年には、唱歌選定委員嘱託。その成果は『歴史教育愛国唱歌』となって実を結んだ。

明治三十七年になると、二男春二の結婚に伴って、秋香夫妻は隣に別居。そして、明治四十一年、清子夫人他界。その二年後の明治四十三（一九一〇）年一月二十八日（二十九日とも）、庵原郡興津町（現静岡市清水区）にて六十九年の生涯を閉じる。その後、豊島区染井墓地に埋葬された。墓は静岡市の明泉寺にも存在している。

明治四十四年一月、中村春二編による遺稿集『不盡廼屋遺稿』が前川文栄閣から刊行された。

〈その業績〉

明治二十四年ごろから明治四十年ごろまでが、中村秋香の研究および創作活動のピークと思われる。秋香の五十代から六十代と重なる。その活動範囲は広く、多方面にわたっているため、便宜上四つの分野に分けて、主たる業績の数々を見ていきたい。

第一に詩・唱歌。詩といっても漢詩ではなく、新体詩（近代詩）である。明治二十八年に外山正一・上田萬年らとともに『新体詩歌集』を刊行している。明治三十一年には、新体詩の入門書である『新体詩歌自在』を刊行。唱歌に関する業績としては『歴史教育愛国唱歌』などが挙げられる。

第二に和歌・歌論。まず、明治二十四年八月、毎日新聞に連載した歌論・歌話を同年十一月に『新説歌かたり』として出版。『新説歌かたり』には八十一編の歌論・歌話が掲載されているが、それを増補改訂する形で明治四十年六月に五車楼から『秋香歌かたり』が刊行された。同書には一〇七編に及ぶ歌論・歌話が収められている。明治四十年六月、『秋香歌かたり』と同じ日に刊行されたのが、『秋香集　短歌』である。それまでの創作短歌五千余首の中から一一五八首を選び、一冊とした。これと対をなすのが『秋香集　長歌』であるが、この場合の「長歌」とは、万葉時代のような長歌ではなく、新体詩を意味する。

ところで、秋香の短歌の評価としては、大和田建樹・落合直文らとともに、明治の歌壇で新和文家と言われたグループの一人であるとされている。自身の作歌信条としては、既成観念に従って詠むのを嫌い、思うところ、感ずるところを自在に歌い上げる。当時、佐佐木信綱と同様、新しい歌を作る人と言われた。歌の素材を見ても新題を取り入れ、斬新である。具体的には、女医者・捨子・貯金・蜘蛛・自転車・喇叭・碁・汽船・新聞紙など、それまでの和歌では詠まれなかったものまでを詠んでいる。

第三に古典の注釈。『土佐日記』や『伊勢物語』など多くの古典に関する注釈を手がけているが、明治三十四年に出版された『落窪物語大成』と明治三十七年に出版された『古今集詳解』が双璧であろう。特に『落窪物語』へのこだわりは並々ならぬものがあった。

第四に文法。国語国字問題にはかねてから関心を持ち続け、明治三十一年には『皇国文法』および『皇国文法釈義』を刊行した。現代に置き換えるならば、前者は学生向き参考書、後者は教師用指導書といったところであろうか。

この他『新編書簡文法式』『新編女子書簡文法式』『女子消息文の手ほどき』など、手紙文に関するテキストを多く残している。と同時に、女子教育にも力を注いでいたことがうかがえる。

〈付　記〉

静岡浅間神社の境内に、国学の四大人（荷田春満・賀茂真淵・本居宣長・平田篤胤）を祀る玉鉾神社が鎮座している。明治九年三月二十九日、県内神職の首唱により創建された。爾来、毎月二十九日には、県民から寄せられた献詠歌を神前に披講することが行われている。昭和六十三年からは、私が玉鉾神社献詠歌の選者を仰せつかっているが、中村秋香も初期の段階で玉鉾神社に関係していたものと思われる。

その一つが『玉鉾神社鎮祭記』端書（序文）であり、それを中村秋香が執筆しているのである。次にその全文を掲げよう。

玉鉾神社鎮祭記端書

荷田の翁此道を分初てたかく栞を立てられしより縣居翁続ておこり山を切り水をわたしよその道に

も立ならふへく開き平らけられたるを本居翁いてて更に広く遠く築きかためられ八衢のすちはしめて定まりしるへする人なきもおのつから惑ふ事なくたとり得へきものとはなりぬ其後平田大人其傍に生しけりたるしもと高かやかりそきて唯ひとすちの大路とせんとせられしより同し道に伴はさる人はおのつからもときいふものも無きにあらさりしか其功労は三たりの翁にもをさ〳〵ゆつらさるへしかゝれは此道に勲功たかきは此翁たちをおきてはまた誰かあらん大井菅麻呂君こたひおほやけのみゆるしをうけて其つかへまつる静岡浅間神社の境内に新たに一宇の御社を築きまうけ此四柱の神霊を鎮めまつりてやかて玉鉾神社としもたゝへ奉られたるは道のためまことによろこふへき事なりけり君さきに同し境内に皇学所を開かむ事をおもひたちて官にこひたるに県官いたく其こゝろさしをめてゝ力をそへて其事をなし得たりと書くこれ今のよの学のさまひたふるにほかにのみかけりて此道に心をよするものやう〳〵少なきをおもひなけかれてよりの事ならむや君の道にあつきまことに至れりとこそいふへけれ秋香むかし君と同しく常磐垣内にありてかたしけなく友垣の末に数まへられたりき今や君にして此事あるたゝに道の為のみならす併せて君かためによろこはさらむやかゝれは此鎮座記に端書をとこはるゝを秋香にしていかてかもたしあへむとおもふまゝを書しるすになむ

明治九年五月

教部九等出仕

中村秋香

いま一つは、兼題「社頭花」として、自ら次の和歌を献詠している。

瑞垣の花さきにけり風のみは道しるべすな玉鉾の神

さらに、「詠史」として次の一首を残している。

みよしのの芳野の宮の春たけてのべに河辺に花ぞちりゆく

（昭和四十三年刊『玉鉾神社鎮祭記』より）

『秋香集　短歌』について

『秋香集　短歌』は明治四十年六月十五日に五車楼から刊行された。門人の武藤元信（一八五四～一九一八）が編集したものであり、凡例によると、日記雑記および私選歌集から集めた五千余首の四分の一を収録したとある。巻頭には渋澤栄一の序歌と穂積歌子の序文がある。穂積歌子（一八六三～一九三二）は渋澤栄一の長女であり、後に穂積陳重の妻となった女性である。

『秋香集　短歌』には合計一一五八首の歌が収められており、その内訳は春二四〇首、夏一二四首、秋一一五首、冬八四首、雑五九五首となっている。『秋香集　短歌』の草稿である『穐香集』は成蹊学園史料館に所蔵されている。

明治四十年六月十五日には、歌論・歌話一〇七編を収めた『秋香歌かたり』も刊行されている。さらに、本書と対をなす『秋香集 長歌』も武藤元信の選で同時刊行される予定であったが、未刊に終わった。その後、鈴木亮氏によって『中村秋香『秋香集 長歌』翻刻と解題』（平成二十四年九月）が武蔵野書院から出版された。本来あるはずの上巻が欠けたままの状態であることは残念なことである。なお、この場合の長歌とは新体詩のことをいう。

　秋香の歌の特徴として、古典を踏まえて現代を詠む、つまり、伝統に根ざした詠み方ではあるが、素材はきわめて斬新である。「古今集をよむべし」という、師松木直秀の言葉を守り、古今調をベースにしたものが多い。また明治四十一年十月十日には、前川文栄閣から『古今集詳解』（合本）という六六〇ページにわたる注釈書が刊行されている。これは中村秋香が講述したものを門人の加藤きみ子が筆記したものである。

　歌は温和な人柄を彷彿とさせる詠風であり、明治三十年代がそのピークと思われる。秋香五十五歳から六十五歳ごろと重なる。御歌所寄人を務めたこともあり、当時の慣いとして題詠が圧倒的に多い。また、時代背景としては、日清戦争や日露戦争の勝利も歌の中に見え隠れする。

　秋香の歌には多くの古典が登場する。主なものを挙げると、古事記・万葉集・古今集・枕草子・江談抄・新古今集、そして論語や李白に関するものなどがある。また、全体の半数以上を占める雑の歌には、詠史・賀・哀傷・贈答歌といったテーマが目につく。詠史とは歴史上の人物を詠んだ歌のことをいうが、聖徳太子・有馬皇子・菅公（菅原道真）・宗良親王・賀茂真淵などが詠まれている。賀とはお祝いの歌であるが、さまざまな人の還暦・七十賀・七十七賀・八十八賀、あるいは新婚の祝い歌が残されている。哀傷とはいわゆる挽歌であるが、葬送の歌・十年祭・十三回忌・三十年祭・六十年祭、二百五十年祭、三百年忌にあたっての歌が残されている。そのほか贈答歌としては、人に贈る・人に乞われて・人の歌の返歌として等の詞書を持つ歌が残されている。

秋香の歌の詠風は古今調であるが、詠まれている歌材が斬新かつユニークである。地名が出てくるものとしては、志太温泉・かつて住んでいた小島・東海ホテル・桜井戸・浮月楼、さらには、上野や隅田川までが登場する。終の家と決めた松の下庵（興津）を詠んだ歌に「磯清く波ゆたかなりいさこゝにつひのわかよをまつのした庵」がある。人名も多く登場する。主な人物を挙げると、小中村清矩博士・井上頼圀博士・渋澤栄一・佐佐木弘綱・穂積陳重・穂積歌子・武藤元信・中根香亭といった人々のほか、土屋良蔵・戸塚巻蔵・加藤きみ子・川尻貞子・市川みと・野口老人などである。

最も特徴的な歌材は、日用品・身の回りのことを詠んだ歌の中に多く見られる。目にとまったものを具体的に挙げると、駒（馬）・馬車・牛・窓・汽車・蝶・蜂・蝸牛・蜘蛛・虎・新聞紙・香水・燐火・巻烟草・電話・自転車・蓄音機・碁・山葵漬・いちご・貯金・絵葉書・相撲・テニス・野球・日露戦争・盗難事件・女医者・捨子・迷子・落第生・卒業生などである。

ここで、ユニークな修辞を用いた歌を紹介しよう。秋の巻に収められている歌で、「はつきとをかあまりいつかのつき」という十五字を一字ずつ歌の頭に置いて折句という修辞法で詠んだ十五首である。「は」で始まる「はな影に惜みしはるはゆめなれやまつに更行くあきのよの月」から「き」で始まる「きこりをも今宵の影やめてぬらん今こそかへれ月にうたひて」まで、いずれも秋の月をめでる歌になっている。

最後に、私の印象に残った十首を抄出する。

まろひねのいさこの上の潮衣うらかせさむくゆめふきかへす
風よりもすゝしかりけり池水にくたくる庭のともし火のかけ
みるかうちに夏を拭ひてはれにけり青葉の山のゆふたちの雲
かちときの声のきほひにきりはれてほはしら高く月すみ昇る
弓をれてたてるかゝしに淋しさを吹きあつめたる秋の風かな
一すちの烟を月に残しおきてそらにきえゆく汽車のおとかな
かきなかす硯の海しあさけれはわかおもひ川とゝこほりつゝ
この送る人皆やかておくらるゝ人にやはあらぬあはれよの中
ことのはの花咲きにけりみ冬月はるをわすれてちりし葉垣に
楽しくとまてはねかはす長からぬわかよを安く送りてしかな

いずれも、美しい生の一瞬とその内に秘められた淋しさを詠んだ秀作である。

追　記

清水郷土史研究会の佐野明生会長より『中村秋香　日践録』を紹介していただいた。これは明治二十九年一月から明治四十三年一月までの身辺雑記である。とは言っても、明治三十年代の記事はほとんど見当たらないが、興津で過ごした晩年の様子が詳細に記録されている貴重な資料である。この日記の中にも、中村秋香の作と思われる短歌が二十五首挿入されているので、ここに掲げる。

『中村秋香　日践録』より

あら玉のとしのはつひをよろつよのかめしまやまにあふてけふかな
あら玉のとしたつけふしわれはもよ海さち得たりうみもととろに　（明治二十九年一月一日）
ともすれはむかふともなくむかはれぬふる郷ならぬふるさとの山　（明治二十九年一月十三日）
庵原川つつみにたちてみ渡せは水上こそはゆかしかりけれ　（明治二十九年一月二十三日）
田子の浦□《（やそ）》しま□《（か）》けて清見潟ゆきかふ舟の沖つしら波　（明治三十一年一月二十四日）
たちかはり入り代りくる年ほかひここもうきよと又なりにけり　（明治四十年一月一日）
何をかと机の筆をとりあへす先うしことはかしら也けり
歌かたりはせをのよるの雨よりも猶櫻櫚の葉の風の夕窓

此里は年やまはらにたちぬらんところところに松かさりせり
（明治四十年一月二日）

袖つれていさもろともに遊ひこん江尻静岡迄ならすとも
（明治四十年一月十九日）

山あそひ折よくおもひ立し哉今日をたのめはくやしからまし
（明治四十年一月二十一日）

いさ行かんけふそよき折君とわかこの旅ねこそやかてよき折
（明治四十年一月二十五日）

すさましき影ともみえす中々に人なつかしきよはの月哉
（明治四十年一月二十七日）

池川のいたらん限わすれめや其高殿のけふのあちはも
（明治四十年一月二十九日）

うれしくも迷ひ入りつる山路哉さてこそかかる梅も折りしか

かさなりてみゆる高嶺の一つ二つ三井か国の山はその山
（明治四十年二月九日）

のとかなる空のさま哉いささらはけふは江尻に散歩してきし
（明治四十年二月二十五日）

水にうかふ月かけをこそとひ来つれあらしにむせふ波をみるかな
（明治四十年八月二十三日）

興津かたさもあらかりし波風をしらすかほなる海の月哉
（明治四十年九月十八日）

よの中をわすれ果たる身にも猶けふたつとしはうれしかりけり
（明治四十一年一月一日）

朝夕にみほの松原いくはくのちとせを君かものとなすらん
（明治四十一年二月十六日）

年をへてわか故郷へきてみれは野山さへこそおもかはりけり

花は又我をさこそはいふらめといたくも老し山桜哉

故郷の垣の鴬珍しき人人人とをりかへしなく
（明治四十一年三月二十九日）

わたつみの深き心を松の花立よる波のいろにみる哉
（明治四十一年八月十八日）

中邨秋香著
武藤元信編

秋香集

五車樓藏

我この不盡れ屋の
大人乃家集成れ
あるところまでして

あたらしき
言葉の花や
霧島乃

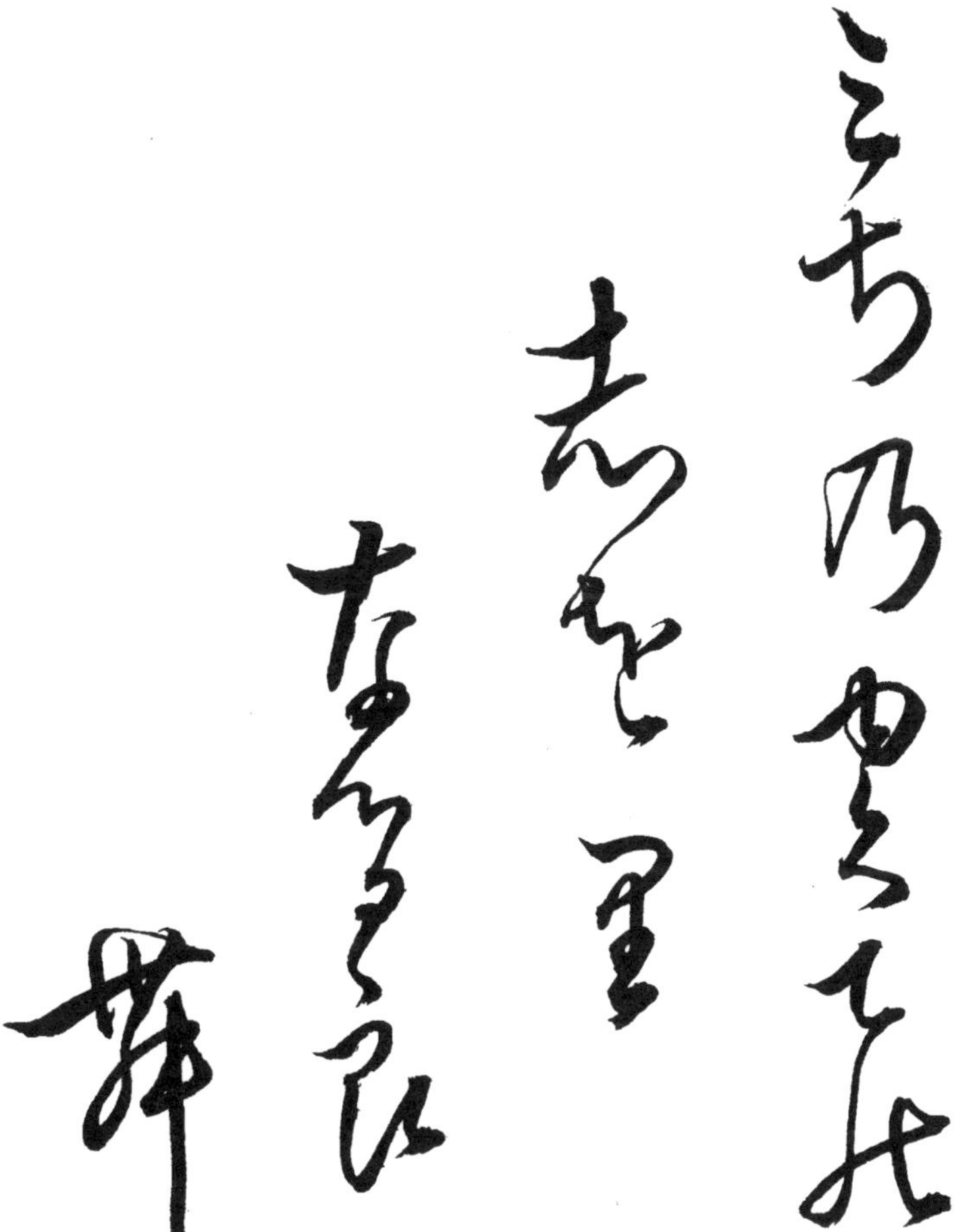

丁未仲夏

瀧澤常一

我可不来の屋乃大人年頃よみ給ひける短歌長歌いとあまたなりけるをひろく人にも示し給はむとて書集めさせ給ひけるにいまだ終へ給はぬほどにて一昨年ばかり隠れ給ひて梓にも上さず故子ども人々の深く惜しみまつりて世にも公に弘めまほしくなむ申しつれどことのならむ後ふた年ばかりもすぎて以清水のみなかみてやりし年頃に親しかりけるをこなたより武藤元信姉むこ孫と事はかり切にこひ申して梓にて許さまゝ子とはかなき数さへのこりなくすてたる歌とを

乃うち近き頃よりみやびなるに於て強ひて新しき詞意用ひ文字詞は更なり静かなる語今は世の用ひさまなどにも変るものありまれには外國の詞をさへ交へ甚しきは全く擬古體を崩して新體及び唱歌體のみを好めるもあれば字音語をも用ひたる者乃多き歌は打見て眉をひそむる者もあるべくをこなりとなしける人も無からじ中々さる事とも見るらんは思ふよし何事も改むまじきなり強ひて歌は我國風として神代より榮へ今に至るまでの如く今より

乃ちは万世に傳ふる道筆者以て変なりけるまま
無斯道にすてむものは時よ志かの知ていかすまく
道乃盛りに移りて行す筆跡はとあさるへうは
よろつ法は事にならひまりて日に月に進み行く今は
大御代に向かへり見るまに代閲さその古を聞ゆるは
しき人の心世のさまの如又いにしへに異なりぬさらん
あい歌は亦その格はむかしに変り閑雅になりまた
しておのつからに世に遠さかる勢ならす心詞の高
く古へしき代萬葉集をと主姿調は清くやすらかの

なるを古今にまねび典例ある詞をまもるべしといふは
さる事なれど是をこゝろえずしてそのみかゝづらひてまことか
ろそかに心あさくなりて心を種とせる歌は本末を失ひ
錯りて古代の遺風を傳ふる一條は枝となさ
ずはつゐに典據ある古詞のみをもて今は世の
見る所聞る所思ふことを詠み出んとするは
墨縄と手斧とをもて石造の高楼を築き出
さんとするにましてかたきわざなるべしやされば今は
世の常なる今は世の普通語及びいひまはしを

もましく用ひさせて歌は本意にかなひぬれは事く調ゆ
るものは餘韻ゆたかにて感深からん様をよみ出んと
らは情をむねと迷ふはたゞ其をこふる妃をは姑く捨れと
さりとて歌は詠す志の伝はる翻きをもちかれはたゆさ
なく情と見えんよりは雅より一歩境に入る道きかなきさる
歌人出て世を導き詩人深く調べよりて世を用ひ
普通語やうにて歌詞を広く用ひられ文字思想
は如きは喜憂哀楽の感情これを文をすく
絶え武をはきまへし異論紛々として風教をたすく

るやうれこれをうすつるおかはまさらその行くといふ

是を詠御製海辺の氷漬く鹿は歌乃如きの

時うつりつき世々を経て次々に継ぐるにおのつから開け

ゆく世と倶にてこの道ますます盛になりゆくへし

松乃まての歌とこれもみなよ葉一首おほむねまさに詳かなる

これ詠まれあらぬ様とさる志をも詠みいてゝするもなかな

りと後まこれ歌ら学まれしてさらに後世の姿を

これゆりみに詠まし松のまゝく思ひも歌これ擬古體

そは判表なるまて思ひしかなまてと関わる詠ひきさせて桜木

に思ふらむまにまに浄書ハうけ給り序文ハかの大人にたのみ
申させしを快く諾ひて活版のわざすゝみたる世に
體裁好まかなと云ひてもなほ遠き彫刻によらんハ拙けれ
やうなれど古にならひて今にそむくもあながちならずや又何を
かゝまれこれ何らか家集にもしるしく誰さの頃は
聞えんゆゑこそ有りけるやうにハ年頃の交り親しき
御身の為に何あるに大人の常の御心はへも知まゝハ
志ありても浅きかゝる身に応なき事なりと只何
思ひまゝをつらねて書きつゞるになむ

明治四十年四月はしめ

穂積歌子

秋峰書

凡例

わか不盡の屋翁の歌集を印刷せんことは、はやく門下の人々の請ひたりし事なれと、おもふ旨ありとて翁のゆるされねは、空しく年月を經たり、されとさてやむへきにあらねは、こたひ更に人々と共に强ひて請ひて許を得、やかてその編次を元信に託せられしなり、

翁の詠草、はやくよりのは大かたよみすてられて稿をとゝめす、僅に日記雜記、さては私選歌集のこれかれに見えたるなとより鈔寫し、これに近年のものを併せて、凡そ五千餘首を得たる内、今は其四分の一をとれるなり。

取捨編次はむねと元信これにあたりたれは、遺珠も定めて多かるへけれと、そは二編にもとてなり。

歌の部類は四季雜に分てり、戀賀羇旅哀傷なとは雜の中に修む、唯長歌の内勅によりよみて奉られし一篇のみは、部門に拘らす長歌の卷頭に掲けつ。

歌中の典故、及ひ翁の持說によるものにて、初學の或はふと思ひ及ひかたくもやとおもはるゝには、略註を加へたり、かゝる例世に多からねはさか

しらなりとや笑はれんかし。

但し長歌の内、常磐の蔭、愛國唱歌等にははやく翁自ら註釋を加へ、參考書として印行しおかれしかは、今は省けり、又僧月照なるは、翁の註しおかれしをとりいてたるなり。

長歌はその體多くは翁の剏造にかゝり、章句も長短ありて變化多く、用語はた聲調によりて讀方を異にするものもあれは、かた〳〵句點傍訓を施しぬ、これ亦初學の便をおもひてなり。

集の名は、不盡の屋集とおほすへく人々いひあへりしかと、翁のいはるゝ旨ありてかくは定めしなり。

此集編次につきて穗積夫人より注意をうけしこと尠からすこゝに其厚意をしるす。

明治四十年四月　　門人武藤元信識す

秋香集

春 附新年

一月一日

何事の嬉しともなくゑまるゝは年まちえたるあしたなりけり

月に日にいや進みゆくみよなれはたつ年ことにめつらしき哉

のとかなるけさの空かなあら玉の年とゝもにや春もたつらん

二十二年一月一日

けふといへはかすまぬ空もかすむなり人の心の春をしるへに

三十九年一月一日

なにとほきなにと歌はん神代よりためしもしらぬ年のはつ空

二

貴賤迎年　憲法發布のあくる年

あらたまの年をむかへてから衣かみしも〵なくいはふけふ哉

還暦の年をむかへて

一つ二つまつさく梅の花こよみよみかへしたるけさの嬉しさ

一月一日昨日雨ふりしにけふはよくはれたり

よへの雨にこそはあとなく洗はれて空新しくたてるとしかな

職を辭したる翌る年の一月一日いつこともいはす旅たたんとするほと雪のいさ〵かふりきぬるに

いさやさはよしの〵雪に旅寐して月か瀬にさく花やまたまし

大磯の旅やとりにて一月一日の朝一番汽車のおとをききて

國府津より都にのほる一の汽車の音いさましく年たちにけり

四日同し里にて出そめの聲をきゝて

朝またき出そめのかねのうちつけにおとろかれぬる旅枕かな

一月五日

うなゐらかまちしむ月も忽にいつかいつかとなれる今日かな

七種粥

せりなつな六種はたえて今はたゝなのみのこれり七草のかゆ

新年

かはらすと祝ふもあやな月に日にすゝみゆくよの年を迎へて

戦後新年

年をさへけさは迎へぬかち軍かへりくるたにうれしきものを

うなゐらか軍あそひのうへにのみ勝鬨をきく今朝ののとけさ

興津なる松の下庵に年を迎へて

四

たちかはり入代り來る年ほかひこゝもうきよと又なりにけり

興津町新年

門わきてこゝにはとしやたちぬらんところところに松飾せり

新年雪　英照皇太后陛下のかくれさせ給ひし又の年の御題

なへてよを新しくしてふる雪はけさたつ年のすかたなりけり

門並はたてぬ松さへうつもれて大路しつかにつもるゆきかな

すみそめにくれし月日を光あるとしとなしたるけさの雪かな

新年梅

くれの市に子らかかひこしはちの梅一花さきて年たちにけり

あたらしきこよみもいまたとりあへす先よみ初めぬ梅の初花

うなゐらか羽根つく軒の梅のはな二つ三つこそ咲初めにけれ

梅の花ほゝゑむみれは草も木もけふたつ年やうれしかるらん

新年海

うちならすつゝの響にとし波のゆたかにかへるたけしはの沖

青海原ふりさけみれははてもなしいかに渡りて年は來つらむ

わたの原めくれはかへる舟路よりけさ年波もたちそめにけり

東の海たつとし波やあらひけんのほる朝日のかけあらたなり

新年山　卅八年新年御題

あら玉の新年ほかひかちほかひこゑ〳〵高しあきつしまやま

天津日のはたてなひかしゆたかなる年こそかへれ秋津しま山

あら玉の年のこえくるみちならし嶺にわかるゝあけほのゝ雲

新年輿

旅ちより年のほき文おくりおきて家にこもれる人もありけり

松の下庵にありて新年輿といふを

年はかひしはしおきつに旅ねしてのとかに春をまつのした庵

新年河

日の丸のはたにうもれぬ隅田川つとふ初荷のふねのきほひに

ありなれや昔にかへる川波のゆたにたゆたにたてるとしかな

早瀬川流れてやまぬ年波はかへるそやかてゆくにはありける

新年松

門松のたかきみしかき程々にたてよそひてもいはふ今日かな

門ことに松かさりしてやちまたは千代の林となりにけるかな

もの皆のあらたまる世にあらためぬならひうれしき松飾かな

波に梅の花のちりかゝりたる畫葉書に一月はかり

世の人の心の春にさく梅はとしたつなみのはなにやあるらん

志太温泉にありける年の一月二日藤枝町に散歩す空い

とうらゝかに風あたゝかなり

かすむともなくて霞める空みれは春ならねともはる心地せり
背にあたるひかけ春なり縄手道そてふくかせに冬をはらひて

試筆に

よの人のまたふみわけぬ道とめてことしはをらん言の葉の花

小島にありける頃試筆に

うくひすの谷の戸出つる聲聞きて今年はとこそ思ひなりぬれ

一月七日高崎男爵より恩賜の玉露を分ちめくまれしを
よろこひて

天つ日の恵のつゆの末くみてまたきこのめのはるをこそしれ

興津わたりは家ことに皆舊暦を用ひぬれは一月の末に
いたりても日々にすゝはらふおときこゆ

八

都にてさしもをしみし年は猶こゝにとまりてありけるものを

志太温泉にありける程高崎男爵三四日こゝに遊ふへきよし消息ありけれは心まちに待ちゐたりしに公私事しけくとみにもえおもひたつましきよし更に葉書にていひおこせられけれは

咲初むる梅にかこちてしたの里おそしと君をまちつるものを

志太温泉にある程節分の日溝鷦鷯の窓のとに來鳴くにみそさゝいには三十三歳の字をあてゝ書く事をふとおもひい゙てつゝ明治三十三年もけふ限りなりけりとおもふもをかしけれは

聲きけはけにみそしまりみとせてふ冬もこよひそ限なりける

松の下庵にあるほと二月はかり雨ふりていとさむし上

下の汽車雪をつみて過くるをみて

汽車の上につもるをみれは西東雪なりけりなけさのしくれは

さすかに雪のけしきもみまほしくて

つもらせてみはやと松の下庵につれなかりけるはつみゆき哉

このうたを高崎男爵にいひおくりたりしに月の雫といへる菓子にそへて

ふらさりし雪の恨をはらさなむ同しくもゐの月の雫に

にといひおこせられけれは

てる月のしつくとなりてとけにけりふらぬにつみし雪の恨は

明治二年の元日静岡にありて

物ことに變りはてたる春なれとさすかにけふは嬉しかりけり

明治三年駿河なる小島に春を迎へて

十

春にあふ心はかりはけふも猶ありしむかしにかはらさりけり

年内立春

くれてゆく年のいそきの衣くはりとりあへぬまにたてる春哉

立　春

年経れはかはるならひにならはぬは春まちえたる心なりけり

立春霞

去年といへはいと丶はるけし初霞昨日をさへやたち隔つらん

暮残る日数をそらに立ちこめて春になしたるはつかすみかな

新高山けふたつみよのはる霞ひまらやかけていつかあふかん

閑居立春

馬車たえてあとなき柴の戸をはるはわすれすたつねきにけり

山　榊　　紀元節御題

畝火山みねのまさかきまさきくもしみさかえゆく君か御代哉

氷消田池　紀元節御題

あしはらやさやたの氷とけにけり春にさきたつ風のひかりに

初の二句は神武紀に夫葦原中國猶聞喧《サヤ》擾《ケリ》之響焉とあるにより、さやたは俊頼朝臣の歌によりてよみいて、春は御即位をさしていはれしなるべし

ちまちたの氷のうへをふくかせに水のこゝろも春やしるらん

春祝

萬代をつくしもまつもいひふりぬけふの祝になにをひかまし

咲きつゝくわか御軍の花の香によはおしなへて春をこそしれ

雨中子日

袖ぬれていさゝはひかん小松原それも千歳のしつくならすや

雪中若葉

十二

雪にのみつむをまかせて春寒きかたのゝわかなとふ人もなし

ところ〳〵もゆる雪まの若草にまつみえそむる春のいろかな

興津にありける時残雪といふ題にてよみて奉りける

春のひの光をうつむしらゆきにふしのすそのは道たえてけり

こは其頃静岡縣に秕政の噂あるをきこしめせとてよまれしとかや

藤枝散歩途中

ところ〳〵枯生に霜はみえなからそてふくかせはたゝ春の風

瀬戸川堤にて

瀬戸川のつゝみをゆけは鶯のなくこゑわくるこゝちこそすれ

鶯

うくひすのはつね聞きけり小松原ことしもおなし野司にして

さえかへり朝北しふく窓のとに春をことわるうくひすのこゑ

鶯を朝いのまとにきくはかりはるはのとけくなりにけるかな
文學ふまとのうくひすあさな〱わかおこたりの枕とふなり

社頭鶯　紀元節御題

なへてよをはるとなしけりうねひ山ふゝきにはふく鶯のこゑ
いまよりのはるいかならんうめの宮けさ鶯もなきそめにけり

英照皇太后かくれさせ給ひし年に春鶯といふを

このうちに春ともしらすかきこもりよを鶯のねにのみそなく
ひかりなきこの春の日やかこつらんなく鶯のこゑのかなしき

暁鶯

あかつきの夢のうきはしたえ〱にたとりつゝきく鶯のこゑ
うくひすによひさまされし暁はみはてぬ夢もうれしかりけり

朝鶯

十四

影のこる高嶺のつきの朧夜をかすみとなしぬうくひすのこゑ

春雨のおとさへねむるあさ窓の夢のとかなりうくひすのこゑ

谷鶯

なか〳〵にこゝろたかさのみゆるかなたにより いてぬ鶯の聲

野鶯

ねせりつむのへの鶯これもまたねなからつとゝなすよしも哉

梅

しをりしてかへさにをらんはつうまのいなりの山の梅の初花

雪中梅

薄雪をぬひたる下駄のあと黑しほころひそめし梅のこのもと

ふりうつむ雪かきはらひみる梅は玉をほりえし心地こそすれ

田家梅

ねせりつむしつか袂も薫るなりさとかはつゝみ梅さきしより

畑うつとしつは出はてゝ草の戸の晝しつかにもかをる梅かな

故郷梅

すみすてしわかふる郷の軒の梅こゝろに匂ふきのふけふかな

畑梅

新墾の園生のあとのむき畑にありしのきはのうめ咲きにけり

遠村梅

思ふとち野への小松をひきつれてかへさの里に梅をみるかな

杉田の梅

何ならぬ木草もなへてうめかゝににほふ杉田のこのころの空

瓶にさしたる梅花を机のかたへにすゑて

野に山に霞もわけしわれはけふ春をつくゑのもとにすゑたり

十六

志太温泉にありけるころ高崎三位の來られたるに

うめはわらひ柳はまゆをひらくなり君まちえたるしたの山里

紅　梅　英照太后百ヶ日祭奉獻

よの人のなみたの色にさきにけりはるなきとしの御園生の梅

高崎男爵より去年志太のたひねの事なといひおこせられたるはしに

去年のはる君とかさしゝ梅のはないまかさくらむしたの山里

なつかしき姥神山の松風の音はいまなほみゝに殘れり

とあるに

今年もとまちけむものをしたの里梅もはえなき春やわふらん

いつかまた鶴の林にきゝてましうはかみ山のみねのまつかせ

三月宮中御題は田家梅なりしを記憶のたかひより四月
なりし瓶花をよみて奉りけれは

賤かやのかきねの梅をなにしかも櫻とみてはをりたかへけむ

春懷舊

春やあらぬとはかりしのふむかし哉梅かゝ寒き花のこのもと

柳

しらつゆのむすへはやかて風そとくいとおもしろき玉柳かな

江　柳

おほふねのしつかにかゝる湊江になひくけふりは柳なりけり

高瀬舟入江の岸のいとやなきまつこゝろこそつなかれにけれ

隣　柳

わかまとをはらふはかりものひてけりなひく隣の青柳のいと

閑居柳

なかき日の窓のすさひにわかねては風にとかする青柳のいと

何にさはあやなく人をまねくらんよをとさしつるかとの青柳

堤上柳

小車は今やつゝみにかゝるらんほろの上するあをやきのいと

月前柳

吹くとなきやなきの風をいとなから窓にゑかける月の影かな

伊豫和氣郡御幸村龍穩寺境内十六日櫻といふは舊曆正月十六日に花さくによりて此名あり今は一月より咲出つる由にて歌乞ひ來るに

降りつもるみゆきのさとの櫻花春をもまたて咲きそめにけり

春埋火

うめおそきはるの山窓埋火のさくらにはかりはなはさきつゝ
梅みんの心もうせて春のしもおきふしさらすうつみ火のもと
君かよのはるにあひなから埋火の中々に身はひかくれつゝ

餘寒

今はとてぬきにししたき重ねても寒さをわふるきのふけふ哉

朝霞

うら〳〵と日影にほひてこゝろさへ空にうきたつ朝かすみ哉

霞添春光

のとかなるはるの光は八重霞たちこめてこそあらはれにけれ
枯生やくけふりのすゑのうす霞匂ひそめたるはるのいろかな

霞中雉

なく雉の聲はかりして野も山もかすみはてたる春のあけほの

鈴川驛にて

村山はかすみはてたる中空ににほへるくもやふしのしらゆき

わか今かくれかより見わたして

かささして人そゆくなる山本のかすみはやかて雨にや有らん

社頭春曉　紀元節御題

曉のきねかやひらてうつたへにかすみとなりぬおほろ月夜は

うねひ山をろかむそてに風さえて梅かゝ寒しあかつきのには

塘春草

御秣にかひしわか草もえぬれとみわかはつゝみ春しつかなり

古事記雄略天皇の條に亦一時天皇遊行到於美和河之時河邊有洗衣童女其容姿甚麗天皇問其童女汝者誰子答白己名謂引田部赤猪子爾令詔者汝不嫁夫今將喚而還坐於宮故其赤猪子仰待天皇之命既經八十歳云々とあり

若草のもえそめしよりすたつゝみ人あししけくなりにける哉

春　野

芝の上におちしかさしのつくり花たか野遊のなこりなるらん

水郷春曙

あけぬらしおほろ月夜のすたつゝみはなと柳の色そわかるゝ

あけほのゝ汽車の烟もたちそひて霞にしつむしかのおほわた

春　里

ゆけと〳〵おほかたかはるさまもなし桃のはなさく里の遠近

春　山

こゝろゆく花見となりぬ彌生山ちきらぬ友にめくりあひつゝ

ともすれは春は山ちにくらす哉かならす花を見るとなけれと

春　月

二十二

なつかしき朧月夜のにほひかな妹かかきねのはなやちるらん

ゆく袖に二ひらみひら花ちりて風こゝちよしおほろよのつき

とりわきてたれこひしとはなけれとも櫻花ちるおほろよの月

ちる花の行方はみせよ春の月さこそはかすむならひなりとも

深夜春月

ものゝねのたえし軒はに月ふけてをすにめくれる花の影かな

春朝

はなみんと出てたつそてを吹きかへし心にさわくはるの朝風

春雨

春雨のおとのうつゝをうたゝねになかはかけたるゆめの浮橋

花ををしむ外にはうさもしらさりしむかし戀しき春雨のそら

夜春雨

玉水のおとしめやかに聞ゆなりおほろ月夜やあめとなりけん

連日春雨

菅のねの長き春日をけふも又はれぬなかめにくらしつるかな

閑居春雨

つれ〳〵とふるを常なる庵にもなかめわひぬる昨日今日かな

雨ふる夜

よもすからふる春雨か有明の月にとおもひしやまさくらはな

春夢

あかつきの鐘のひゝきにちりにけりたとる夢路の山さくら花

なき人をしのふか岡の花かけにあふとみつるや下ふしのゆめ

あるあした

ことわりに過きて霞むとみし空はやかても雨となれる也けり

燕　來

かりかねの歸るもまたて青柳のいととくきつるつはくらめ哉

北海歸雁

いつくまて歸るなるらん春の雁ちしまの海もなきて過くなり

春　駒

おのか身にいくさの重荷おへりとはしるや野澤にあさる春駒

野路遠くいなゝく駒の聲すなりかすみの末やまきはなるらん

遲　日

飴うりの笛のうたふし長き日の窓のねむりをひさくなりけり

夕つくるとりの聲さへ長き日の窓の日かけはくれんともせす

志太温泉よりかへるさよへより雨ふりていとあたゝか
なりしに横濱に入れはこゝかしこ雪いと白うつもり風

いとさむし

つゝみこし袂のはるをふきかへし冬となしたる雪おろしかな

松下庵漫吟

松風もいそうつなみもおとたえてよるしつかなり春雨のそら

あさかれひ箸とりをれは今朝も又軒はの松にうくひすのなく

志太より花さきたりとくとそゝのかしおこせたるに

したの里花のたよりをきゝもあへす先ちるものは心なりけり

清見寺山にて

紅のかすみそなひく三保の浦の桃のさかりになりやしつらん

三十七年の春

おもしろき彌生の山の花のかけことしのはるはたつ人もなし

咲きいつる梅も櫻もうちしきるつゝのけふりにかすむ春かな

二十六

社頭花

千早振神もこゝろやうこくらんいかきの花にはるかせのふく

夕庭のきねかやひらてうつたへにぬさと亂れてちるさくら哉

社頭花　四霊神霊祭

みつ垣のはな咲きにけりかせのみはみちしるへすな玉鉾の神

山　花

櫻かりまつおくにこそわけ入らめふもとの里は歸るさにして

尋山花

柴人のをしへしみちやたかひけん花ありけにもみえぬ谷かな

行路花

そてつれてゆくをとめこか髪の上にかさしの花とちる櫻かな

柳間花

青柳のいと丶く風にぬはれけりほころひそめし花のたもとは

曉　花

われひとりめてあかしぬと思ひしに月も殘れり花のこのもと

晩　花

くれそむる花のした蔭今はとてたゝんとすれはおほろ夜の月

夜　花

燈火をとりても花にあくかれんわかよの春よあはれいくはる

李白の春夜桃李園序に浮生若夢爲歡幾何古人秉燭夜遊良有以也とあり

聞馴れしこゑもましれり櫻ちるおほろつきよの袖の行きすり

月下花

花故にくれすと思ひし木の本はおほろ月よとなりしなりけり

花間殘月

二十八

しらみゆく花の木の間に殘りけりかすむとおもひし有明の月

遠尋花

山深くなほわけみはやはつ櫻こそのしをりはたつねつくしつ

いつはりの雲より雲とわけいりて花なき峯に日はくれにけり

夜花をおもふ

朧夜はやかても雨となりにけりあはれさかりのにはの一もと

うへのゝ花

しらくものうへのゝさくらさきしより空になりつる人心かな

花のころ上野にて

いひふりし言のはなから雲と歌ひ雪となかめん外なかりけり

花の頃隅田川にて

隅田川ほころひそめし花のかけ人を縫ひてもゆくくるまかな

さくはなのかけふむ道は隅田川さかりもまたてちりそ迷へる

花かけのゆきかひまれになりにけり朧月夜はふけやしつらん

こきすてゝたれ花蔭にうかるらんつなかぬ舟に夕かせのふく

　小金井の花みにまかりて

あくかるゝ心のはてもなかりけりゆけともゆけと花蔭にして

　はしめて小島にまかりける時

しら雲の中ときゝしは小島山花ゆゑたてる名にこそありけれ

　志太の山ふみ

こゝかしこもゆるさわらひさく櫻をりおもしろき山あそひ哉

　花の頃志太の姥神山より潮生館をみおろして

さきにほふはなの中なる一かまへ雛の家居のこゝちこそすれ

　潮生館にて

三十

さくはなの木のまにみれははけ山のいろも一つの匂なりけり

みひら四ひらちるさへやかてけしきにて風もうれしき花盛哉

花のさかりに潮生館をいてたつとて

此花をさは見すてゝや帰るへきけにこそかりの旅寝なりけれ

四月五日志太より松のした庵にかへりて

常磐木の木のまにみつるおもかけのいまもめにちる山櫻かな

花さかはかならすと志太温泉の人々いへりけるにさかりすきぬれとたよりなかりけれは

咲きぬとのおとつれもなし志太の里ひとの心の花やちりけむ

櫻かりのかへるさ

今しはしいこはましかは花蔭にこのおほろ夜の月もみましを

ふしの裾なる芝原を過きしは四十年の昔なりその頃は

大かた芝生なりしをことしきてみるに田畑うちつゝき
たり

みし春のおもかけさへにかすむなりすゝな花さくふしの芝原

興津より京へのかへるさ此頃澁澤男爵の國府津なる國
府津館にありてかねて必すとありけれはおとつるゝに
まちよろこはれて

まちわひし君を迎へて相模かた花なき里の春にあふ哉

とあるに

君にあひて月と花とをかたる哉あたひをしらぬ春のよすから

また男爵の

磯山のきしの櫻はみえねとも水に花さく浦のいさり火

とあるに

三十二

ことの葉の花に移りて一しほのひかりこそそへいさり火の影

此夜土屋氏はしめ人々あまたうちつとひて詩歌のみや
ひかたりに興いとたけなはなり男爵

春深み風流の友もつとひきてよるも言葉の花をみる哉

とあるに

西ひかし匂ふことはの花むしろおほろ月よにしくよなりけり

土屋良藏氏の

浮世をは忘れはてけりよる波の音をきゝつゝ歌語して

とあるに

さゝら波よる静かなる歌むしろたつことしらてふけにける哉

あるあした

花みんといてたつけさの心にてわかよのかきり過してしかな

觀櫻會

九重のくも井のにはの花むしろこのみうたけに何かしくへき

花下餞別　三十八年の春

かくはしきほまれたてよとはけましてさす盃にちるさくら哉

さかみつきうちあけよはふ萬歳の聲のひゝきにちるさくら哉

花下小集

咲くはなのかけくみかはす酒みつき櫻色にも醉ひにけるかな

櫻花一ひら散りぬ飲みさしてしはしおきたるさかつきの上に

花下小宴

盃にちりきてうきし一ひらはいつれのえたのさくらなるらん

尋花不定處

いつれをかわけてたつねむ山さくらすそ野の霞峯のしらくも

櫻花こゝろに匂ふ香をとめてそこともわかすたつねくらしつ

花時鞍馬多

みやこ人けふも花みに來にけらし峯にふもとに馬のいなゝく

瓶花

かゝくとてたれ袖ふれし玉たれのをかめの櫻かたへちりたる

風靜花盛　三十九年四月

花盛にほひやそらを包むらんそよとたにふくはるかせもなし

のとかなるはなの盛の蔭しめてよはのあらしをかたる春かな

露はかりふくかせもなし糸櫻いとしつかなるはなさかりかな

月移花影上欄干

さきにほふ軒はの花の影なからすたれにのほるはるのよの月

花下蝶

ちるとしもなくてちりくる一ひらは小蝶なりけり花の下かけ

さく花のこの下さらすとふ小蝶たかみし夢のなこりなるらん

からねこのしつかに眠る花のかけゆめのこてふとちる櫻かな

　三好理學博士か香櫻の花の枝をたつさへ來て歌ひとつ

　　とあるに

山櫻ひとへに風をいとひしはかをしらぬまのこゝろなりけり

　落花

あを柳のいとにもみえぬ春風をいかにしりてか花のちるらん

　机上落花

よみさしゝ書ふきかへす夕風に二ひら三ひらちるさくらかな

　櫻の花のうつりやすきことなと人のいへるに

それをしもなにかはいはん空蟬のよはおしなへて花の一とき

岸山吹
行く水につひのゆくへをちきりつゝかけこそうつせ山吹の花

夕蛙
蛙なくなはしろをたの夕月夜よはたゝうたにつゝまれにけり

藤
蔭たかき松のこすゑにさきなからうへ見ぬ藤の花そゆかしき

牡丹
みれとみれと飽ぬ色かを咲て散る花の日数のなとはつかなる

うはらの名につきて歌よみける中に

瑤臺夢
咲く花のつゆとふ月の影あかしたまのうてなの春のよのゆめ

ほし月夜

ほし月夜鎌倉山はやみもなし香さへさやけきはなのひかりに

朝日の空

紅のいろもにほひてほの〳〵とあさひのそらにかをるはな哉

天國香

天津風花のかをりを吹くなへにをとめも袖の香をやはつらん

みかと

上ありと誰かみかとの名もしろく世にたくひなき花の色かな

穂積陳重博士の庭のうはらの花さかりに招かれてゆきつる折しも雨ふりたり

花の香のこりてや雲となりぬらん雨こそかをれうしこめの里

時にふれて

うくひすの曉床やさむからしねくらのうめのつきふけにけり

三十八

けふよりの春いかならん吹となき風にたくひて梅かゝそする
吹きめくるかせのまに〳〵ちる櫻枝にみるよりおもしろき哉
おほろよのはなの下道ゆくそてに一ひらちりしやまさくら哉
花かけはおほろ月夜となりにけりかちよりゆかむ車かへして
玉たれのをす巻あくるたをやめかそてにみたれてちる櫻かな
さらぬたにたつことかたき花かけの朧月夜にちるさくらかな
さま〳〵の昔の春そしのはるゝおほろ月夜のはなのしたかけ
よく似たるうしろすかたやはなの蔭月の光はおほろなれとも
ひききつる犬も長閑に眠るなりかへさわするゝはなの下かけ
年をへて花の木蔭にあひし人ことしはみえすけふもきのふも
花の山ひさこのさけもまたつきぬこのゑひ心地なにと歌はむ
椿散るおとをつなきて夕窓につまくる数珠のこゑのしつけさ

夏

早夏

郭公なくひところゑにちりにけりめにのこりつる花のおもかけ

首夏月

風わたるならの葉こしの月かけにうこきそめたる夏けしき哉

何となく夏のひかりとなりにけりならのはこしの夕月のかけ

更衣

ぬきかへてたもとすゝしき夏ころも心もかろくなりにける哉

兵士更衣

ものゝふかとるつゝ袖もうの花の色ににほひて夏たちにけり

いまた今の服制に改らさりし程の歌也

殘花

夏山の青葉にましる花みれははるののこれるこゝちこそすれ

なこりなくしけるわかはのいつこより散りか來ぬらん山櫻花

新樹

濃く薄くしける青葉はとくおそく散りにし花の名殘なるらん

山新樹

山はみな青葉となりぬ櫻かりいこひしかけやいつれなるらん

新樹繞庵

わか庵は青葉のそこにうつもれぬ花までこそは人もとひしか

名殘なく青葉しけりぬ小柴垣ありしいほりやいつこなるらん

源氏わか紫の卷にたゝこのつゝらをりのしもにおなし小柴垣なれとうるはしうしわたしてきよけなるやらうなとつゝけて木立いとよしあるはな

に人のすむにかとあり

樹陰夏月

おほかたの空にみるたに涼しきをまつの葉こしの夏の夜の月

夏懐舊

共にみし花は靑葉となりにけり散るをあはれといひし人はも

初時鳥

蚊ひとつの情なりけりほとゝきすねられぬ閨のよはのはつ聲

待郭公

卯の花のうつろふ見れはほとゝきすこその初音の時過にけり

尋時鳥

時鳥なにゐなからはまちてけん尋ぬるにたにつれなきものを

尋聞郭公

四十二

峯にをに尋ねつかれてあしひきの山路下れはなくほとゝきす

夜時鳥　應慶三年の夏

いかはかり嬉しからまし時鳥おもひなきよのねさめなりせは

山家郭公

都には今かまつらんわか山にきのふもけふもなくほとゝきす

市郭公

なすの苗きうりのなへとうりひさくこゑにましりてなく郭公

雨中郭公

あし引の山ほとゝきすいつはあれと雨しつかなるよはの一聲

汽車郭公

一聲にかへりみすれはほとゝきす鳴きつる杜は雲のをちかた

ほとゝきすこゝはいつこの里ならん汽車の夢とふよはの一聲

いかなるときにかありけん

初音にてやむへきものを時鳥しは〳〵すれはうとまるゝよに

論語に朋友數斯疏矣とあり

卯花

卯花のさかりにみれはあれはてし賤かやとにも垣はありけり

河卯花

ゆく川の岸根にさける卯の花は涙をうつむる涙にそありける

新竹

心して風をなひきそかはころもけさぬきすてしそのゝ竹の子

ふしなからみるも涼しなことし生のたけの葉分の夏の夜の月

新竹滿軒

窓暗くしけれとてしもうなゐらか折るやいさめし軒のわか竹

四十四

月のためおほしゝ窓のことし竹風さへもらす繁りあひにけり

葵露

あはれあはれそのかみやまの葵草きらめきしよも露の玉ゆら

露なからかけてそしのふ諸鬘けふにあふひのきらめきしよを

桐花

たちはなのかよりも高き桐の花なとことのはに匂はさるらん

一葉のみ秋にしられて色もかもとはれぬ花のをしくもある哉

桐の花かつちるまとの雨そゝきとふ人もかなうたかたりせん

苗賣

桐の花かをる軒はの雨あかりなすのなへうるこゑのとけさ

はまゆふ　三十七年五月御題

もろこしの浦の濱ゆふかさねてもをりとりぬへく咲ける花哉

蔓いちこ

手すさひにうゑつる苺うなゐらか競ひつむまてみのりける哉

梅　雨

大かたの事さためなき人の世にちきりたかへぬ五月雨のそら

文机にひとりつらつゑつく〳〵とけふも暮しぬ五月雨のまと

五月雨の頃

晴間にとちきりしものを花菖蒲けふも日くらし五月雨のふる

五月雨欲晴

梅のみのおちてあからむ苔の上に夕日にほひて雨はれにけり

雨かさはやかて日傘となりにけりはれゆく野ちの五月雨の空

梅天月

五月雨ののきのしつくの玉ゆらにやとる雲間の月のかけかな

雨後野水

波こえしすゝき高かや末みえてさみたれはれぬ野への草はら

夏　月

苗とりし賤はかへりておくて田の田のもしつけし夏のよの月

しはしとて戸さゝぬ閨のかやの内に松影なから月そさし入る

窓夏月

玉くしけあけなからねし櫛形の窓にさし入るつきのかけかな

夏　草　加納諸平翁四十年祭勧進

たけ高くおひこそしけれこれやさは君かわけつるみちの夏草

ふしの大芝原にて

ゆくさきにいなゝく馬のこゑはしして夏草たかしふしのしは原

螢

誰かやとの籠かのかれこし三つ二つほたるとふなり窓の村竹
螢とふあしの中川うなゐらかおひゆくみれははしはありけり

田家螢

こにかはむ今宵の桑はもきおきぬいさかきち田に螢かりてむ

里　螢

くれそむる里川つゝみけふもまた螢おふ子のこゑのきこゆる

叢中螢　三十七年六月御題

かちいくさいはふひゝやのくさむらに光そへてもとふ螢かな
提燈行列盛なりし比なれはかくはいはれしなるへし
くさのはらきほふ螢やしら露とくたけし玉のゆくへなるらん

螢高上

ぬはたまのやみをぬひつゝゆく螢雲の袂をさすにやあるらん

四十八

人のもとに螢をおくるとて

草かくれいつまてつゝむ光そもいまは雲井におもひたゝなん

罌　粟

潔よくちるとはすれとよの人にしられぬ花のおしくもある哉

野瞿麥

さても猶にほふあらのゝ瞿麥よをしへの庭にうつさましかは

河邊撫子

行く水にぬれ〳〵はなそさきにけるくえし堤の大和なてしこ

みそき

御秡川かへらぬとしの中つせにあはれたゝよふなみの白ゆふ

深夜蚊遣

筆のさやそれも蚊遣にたきはてぬみやひ語によや更けぬらん

窓蚊遣火

更けぬらし窓の蚊遣火よむ書の聲とともにもやゝほそりゆく

蚊幮

とりいてゝかやつりしよは何となくなれしふしとも珍しき哉

夏池

千町田にみつをまかせて爭はぬいけの心のひろくもあるかな

引をまくといふは神功紀をはしめ中古物語文なとにも多くいへり

蓮池

池水はなへてはちすにうつもれぬ躍れる魚のおとはかりして

雨中蓮

たえまなくつくりてこほすしら玉に池やうもれん蓮葉のあめ

暑さゝへやかてこほれてちりにけり村雨そゝく露のはちす葉

五十

たまりてはこほるゝ露そおもしろき音せぬ程のはちすはの雨

蟬

なく蟬の聲のしくれはうたゝねの夢に入りてそ涼しかりける

朝日かけ森のこのまにかゝやきてあつさうなかす蟬のもろ聲

夏　旅

蝦蟇口にゆかたひとつの夏の旅かろき身こそは嬉しかりけれ

賜暇旅行

うまやちのゆきかひしけくなりにけり大宮ひとや暇えつらん

東海道線の汽車にて

長柄川うかひ見かてら宿からん汽車にも今はのりうみにけり

苦　熱

こゝかしこ枕うつしてあなあつしあつしといひてくらす頃哉

いへはとてかひなきものゝともすれは暑し〳〵と呟かれつゝ

夏浦風

潮あみてかへる袖師のうらわ道肌さむきまてゆふかせの吹く
まろひねのいさこの上の潮衣うらかせさむくゆめふきかへす
潮衣かけてひるまをまつのかせ涼しさすきてさむくもある哉

海水浴

潮あみてかへる沙路の小松原ゆかた吹きなふる風のすゝしさ

夜對泉

水にうつる火影うすれて泉殿ものゝねたえぬ夜や更けぬらし
風よりもすゝしかりけり池水にくたくる庭のともし火のかけ

月下泉

青柳の糸をそへてもむすふかな月かけやとるにはのましみつ

夏　氷

夏はなほ氷そほしきよの中にもとむることはなき身なれとも

身もほねもとけてたゆへき玉のをゝむすふは夏の氷なりけり

夏日客來

先羽折はかまもとりてかたれ君このひさかりに歸るへしやは

日盛は道いきつかしゆふすゝをかつまちかてらかたらへや君

夕　立

小車のほろもかけあへす晴れにけりよこ流れせし夕立のあめ

野夕立

かしこには夕立すらしかち人のさしてはせ入る野路のかさ松

川夕立

柳かけあまやとりとはなりにけりわたしまつまのきしの夕立

軒夕立

くみていたすこのめのむまにはれにけり雨宿するのきの夕立

わかのきに夕立さくるかち人のやともとひあへすはれし雨哉

雨後夏山

しかりとてあきのいろとはみえねとも一夕立のあとの山のは

みるかうちに夏を拭ひてはれにけり青葉の山のゆふたちの雲

納涼

よそめさへすゝしかりけりまひ姫の袖ふきかへすかもの川風

夕涼かへさわするゝ野つかさの松のしたかけ月もいてにけり

水邊納涼

たちよれはかせよりほかの涼しさも一すちかよふ松のした水

舟にこそ夏をさけしか隅田川こゝもあきはのもりのしたかせ

庭前納涼

凉み臺とくもてこすや庭くさにそゝきし水のつゆのつきみん

月夜逐涼

いへちさへわすれ果てけり夕凉なつなき河岸の月にたとりて

いさよひの月いとたかくなりにけりとほくも來つる夕凉かな

晩　凉

くれそむる庭のとひ石うち水にうつれるほしの影のすゝしさ

松下納涼

いつこにか倚子をはすゑむ夕凉月をもらさぬまつかけもなし

夕すゝみ

たをやめのこゑもましりて高殿の火影なまめく夕すゝみかな

岐阜提燈といふを詞に入れて歌よみてと人のいふに

なまめける影も簾こしにみゆる哉岐阜提灯ののきのゆふかせ

熱海なる梅園にて

瀧のひゝき松のあらしにましりてはなつとしもなき蟬の聲哉

日くらしのなく山まとの夕しめり家路も夏もわすれはてつゝ

修善寺途中にて八月はかり

小山田の稲葉に風は見えなからめさへくるめく草いきれかな

夏の頃松の下庵にて

汐あむるいくらの袖かおくるらんわか此庵のまつのしたかせ

下鴨なる檜垣茶屋の河中なる涼臺にて

夢をさへむすひけるかなこゝろゆく水の流にたもとひたして

糺の森にて

かせならてかせにもまさるすゝしさに襟をたゝすの森の下蔭

晩　歩

月清し風こゝちよしいさゝらは市のよみせのけしきみて來ん

秋花夏開

さきそめし垣の朝かほ花よめは秋をへたつるひかすなりけり

松の下庵より京なる友のもとに

小包につゝみておくるよしもかなわか此庵のまつのしたかせ

八月はかり

俄にもかせのすゝしくなりしかなちかきわたりに夕立やせし

きのふよりをとつ日よりと日こと〳〵暑さ語りてくらす頃哉

しかすかに秋とはしるし日くらしのなくゆふかけの松の下風

家にありて思ひしまてはなかりけり未さかりの草いきれみち

夏埋火

よる人もなつの埋火いたつらにはひかくれても消えぬへき哉

時にふれて

かきわけていりたつみれはうなゐらか肩すきにけり里の麥畑

なきたつる梢のせみの聲きけは露をいのちのものとしもなし

夏をさへこきはなれけむめにふるゝものみな涼しすたの川舟

なきとよむ杜のこすゑの蟬の聲涼しかりけりあつけかりけり

秋

立秋夕

松の葉に夕日まはゆくさしなから昨日には似ぬ風のさまかな

立秋風

せみのはのうすき袂をふきかへしうらさひしくも秋風のふく

初秋夜

燈火の下につとひてうなゐらか書よむはかり夜はなりにけり

初秋風

さらぬたに悲しきものを玉まつるけふしもたちぬ秋のはつ風

たちそむるけふたにものゝかなしきを行末いかにあきの夕風

初秋月

竹の門よにまたしらぬ秋の色は月のかけよりさし入りにけり

七夕

いつのよのたかすさひより天の川逢瀬を空にわたし初めけん

朝顔の花のさかり短きをめてゝ歌よめと人のいふに

時のまに凋めはこそはめてたけれありて果うき花もあるよに

ひるかほ

朝夕にむかへる花の中にしもつゆひるかほのあかすもある哉

籬萩

ゆひそへてみれは籬の萩の竹おもひしよりもみしかゝりけり

折萩

大方はちりぬとおもひし萩の花手折りてみれは今さかりなり

薄

六十

わか宿の一むら薄さひしさをまねけとてしもうつしうゑきや

相　撲

これのみそ古き手ふりは傳へける勝負しけきよにはならはて

古宅虫

なか〳〵に野にきくよりもあはれなりあれし籬のむしの聲々

閑庭虫

わか庭は葎にのみとおもひしを虫のねにさへうつもれにけり

旅宿虫

罪なくてむかふとまやのよはの月虫のねにこそ袖ぬらしけれ

江談妙に入道中納言顯基常被談云無咎被流罪配所にて月をみはや云々とあり

叢　露

さもこそは草はの露のしけからめむしの聲さへぬれて聞ゆる

野　虫

くさかりて賤はかへりし秋の野の月にのこれり馬おひのこゑ

澗底鹿

狭席にしきてねぬよもなかりけりまくらの谷のさをしかの聲

秋　風

秋風の袂すゝしくふくなへになへてひとこそこひしかりけれ

とりいてゝたてつる窓のふる障子あな肌寒のあきのかせかな

旅中秋風

たらちねのまつらんものをいたつらに今年もたちぬ秋の初風

月

かけふみておにあそひせしうなゐ子の昔戀しきよはの月かな

あつさゆみいつらむかしのあとならん矢島の浦の波の上の月

六十二

わたのはら空と波との際みえて今こそのほれあきのよのつき

はつきとをかあまりいつかの月といふを歌ことのかし
らにおきてよめるうた

はな影に惜みしはるはゆめなれやまつに更行くあきのよの月

つゝ井筒たかくみあけし影ならんつるへのみつに更るよの月

きぬ〳〵のたか袂にかやとるらんまたしいまはのあり明の月

新古今集に
うらみわひまたし今はの身なれとも思ひなれにし夕くれの空

とのゐ人つま引く弓弦おとすみてみはしの月の影そふけゆく

殿上夜半のさまなり枕草紙に夜なかはかりなとにこほ〳〵とこほめきく
つすりきてつるうちならしてとあるこれなり

をきの葉にさやきし風もかつたえて露にふけゆく秋のよの月

かけみれは昔の友のすかたまてうつるは月のかゝみなりけり

あきかせに亂れてきるゝくものいのゆくへもみゆる月の影哉

まつ一木先あらはれてたかねをはいまたはなれぬ秋のよの月

りんの手の調えならぬをすの中にねたしや月の影のさしいる

いかにやととひ問はれつゝあしかきの隣したしき月の頃かな

つるき太刀身をかへりみぬ武士も月にむかへはものそ悲しき

かへるさの野路の露はらおくりきて闇にさしいる月のかけ哉

のるこまのくろかみの上に霜おきて尾はなか末につき傾きぬ

つたかつらくる人もなき山さとののきはの松にかゝる月かけ

きこりをも今宵の影やめてぬらん今こそかへれ月にうたひて

月　出

心あてに向ふとやまのあらゝ松あらはれそめて月さしのほる

山家月

のかれすむ高嶺の庵の秋の月いとひしよこそこひしかりけれ

十六夜月

いさよひの月のかけこそ人のよのすかたをうつす鏡なりけれ

さやけさはそらにしられて山のはの松にいさよふ秋のよの月

野營月

秋風にいなヽく馬の聲はしてたむろしつけしありあけのつき

ふるさとの幾夢路をかてらすらん篝火しろくふくるよのつき

かりなきてさむき營の月影にたれいにしへのあきしのふらん

野曉月

雉かねのきこゆるかたや里ならん野なかの松のありあけの月

艦上月　三十七年九月御題

かちときの聲のきほひにきりはれてほはしら高く月すみ昇る

末をれてたてるますとにおちかゝりしはしたゆたふ湊江の月

二首とも旅順港當時のさまによせてよまれしなるへし

月前雲

照るかけにかゝれはきえて中々に雲おもしろきよはの月かな

月夜海望

ゆく舟の烟のほかはくまもなしよこすかおきのあきのよの月

月夜散歩

さやかなる月のゆふへの里ありきとくねし家を數へてそ見る

海上霧　三十八年十月御題

波風のあれしうみともみえぬ哉つしまの沖のゆふきりのそら

野夕霧

六十六

八千草を袖につゝみてすみそめにやかてそめなすのへの夕霧

きりはれたるあした

朝霧のなこりにほひていつるひに心さへこそはれわたりけれ

閑庭秋夜

花にたに開かぬ門を秋のよのむしのねにしもとはれけるかな

萬葉廬にて

あきつとふいけの鳴子のひたふるに秋のけしきとなれる園哉

秋池

大かたの秋のあはれを池の面にあつめてたてる枯はちすかな

蓮の根をつみしふねにはひともなし葦の葉なひくいけの夕風

築山のはきさきしより池水はなかはにしきにつゝまれにけり

あきつとふ池の蓮葉うらかれて夕日さひしくあきかせのふく

秋水

さやかにも秋のひかりのみゆる哉尾花かすゑの水のひとすち

田家秋

驛路のけふのえたちははてにけり日のくれぬまに稲や運はん

秋旅

つゆしけき草の枕のあきかせにむすひもあへす夢そくたくる

小島にありける秋

こゝろにもあらて三歳をふるさとのあれし軒はの秋のよの月

月夜越山

松のひにたとりつるよを箱根山つきにかたりてゆくくるま哉

夜砧

ひとつ〳〵心をくたくこゝちしてねさめかなしくうつ砧かな

六十八

月夜に箏をきく

ふることのねもしのはるゝ調かなさかのゝ奥のよもきふの月

あはらやののきにすゝきおひたり

あれにけりたか住棄てし宿ならむ薄のみこそおきふしにけれ

月さす窓にむしなく

書學ふ窓のともし火かけふけてさし入る月にこほろきのなく

澤邊鴫

しはしとて水かふ野路のさはへより駒驚かししきそむれたつ

菊

いろ〳〵の花さきにけりなほさりに子らかうゑつる園の村菊

禁庭菊

露しもにまかせし園の菊にこそまことの花のいろはみえけれ

老いすてふ御門のうちに咲きにけりさらてもちよの村菊の花

菊花第一　天長節御題

ひさかたの雲井の花と世にかをる菊の上にはたつものもなし

桃櫻はなはさま〳〵おほけれといろ香そなへし花はこのはな

瓶にさしたる菊

よろつよの瓶にさしてもめつるかな千歳の菊の花のあまたを

閑庭秋

下草にきくもひともとましりけりおひしけりたる蓬生のには

曖依村莊後の月の宴に

むらくもを月にかへてもみる夜哉またれ〳〵し後のよのそら

心すむ月のまとゐのうたかたり雲間のかけはさもあらはあれ

まち〳〵し後の此月むらくものかゝれはこそはあはれよの中

瀧の川に遊ひし時紅葉またしかりけれは

音なしの川のみつおとかつきゝてまた紅葉せぬ紅葉をそみる

初紅葉

こくうすき匂ひをかしとみし枝もをれはまたしき初もみち哉

澗紅葉

楓山嶺よりみれはほころひしにしきを縫へりたにかはのみつ

谷底はなへて紅葉にうつもれぬはなにには水もみえけるものを

やすらへる人もありけり高嶺よりみおろす谷の紅葉葉のかけ

錦の洞の紅葉

これをこそ錦といはめ紅葉葉はまたしき程そみるへかりける

古寺紅葉

紅葉かりけふしもとひてあすか寺常ならぬよの色をみしかな

新古今集に今日こすはみてややまヽし山里の紅葉も人も常ならねよに

紅葉かり

いつかたに紅葉かりして歸るてのひさこもあしも輕けなる哉

觀楓

楓山ひさこもたぬもおほかれとおもはにほはぬ人なかりけり

紅葉狩かり殘しても歸るてのかけにみしかきひあしをそしる

瀧の川にて

こきうすき錦を染むる秋のやま朽葉もいろのひとつなりけり

紅葉はの名に流れたるたきのかは錦をさらすところなりけり

瀧の川の紅葉みに行し時たま〳〵皇太子殿下行啓あり

二月のはなよりあかき木のもとにのほる春日のかけ仰くかな

十一月はかり志太をおもひやりて

七十二

きくさきぬもみちもそめぬ此頃の秋いかならんしたの山さと

野口老人におくる

袖つれてみしよの秋の菊紅葉こゝろににほふきのふけふかな

秋風のころもて寒くふくなへにうらなつかしく君をこそ思へ

曖依村荘は澁澤男爵の瀧の川なる別邸也庭園の紅葉瀧の川とはおもむき異にてうつくしくめてたし小山たつとろより寢殿のかたを見渡して

松楓にしきのおくの殿つくり土佐畫に似たるけしきなるかな

見はらし臺は山岸に臨みて作れりし也木々の紅葉を目の下に見下したるけしきえもいひしらす

いかにしてたとり來にけん天の川紅葉の橋に身は立ちぬめり

曙町散歩

こゝかしこ紅葉匂ひて菊さきてすまゝくほしき秋のさとかな

野口老人より裏山なる五洲岳にてみつから狩れるなり
とて松茸を多くおくりおこせたるに

松茸のちとせを君はうらやまのうらやましくも手に任せけり

心地わつらひてかきこもりゐし頃

よの中の秋いかならん菊さきぬもみちそめぬと人のいふなる

暮　秋

ほろ〳〵とえの葉こほれて鵙のなく梢さひしく秋そくれゆく

暮秋月

さひしさを何にたとへんなかつきの有明うすくのころ月かけ

晩秋雨

いろつけるかとのおくて田かりなきて時雨とかはる秋の雨哉

七十四

秋のはて　三十七年十月御題

大御軍かちぬときけとわかせこの消息はなくあきもいぬめり

湊あしに露の名残をとゝめおきて野にも海にも秋そくれゆく

みなとあしは旅順をおもはせたる也

柴栗

里の子か垣根にたゝぬ朝もなし軒のしはくりおちそめしより

嵐

紅葉はをさそひつくして椶櫚の葉に吹狂ひたる夕あらしかな

時にふれて

あからみてこすゑに残る柿の實もおちぬはかりにふく嵐かな

ひくらしのなく山そはの茄子はたけ下葉きはみて秋風のふく

年ことになかめ〱て秋の月あはれわかよもふけにけるかな

心からみたるゝのへのかるかやを風のためとも思ひけるかな
弓をれてたてるかゝしに淋しさを吹きあつめたる秋の風かな

七十五

冬

時雨

立よらん蔭もなはてのむらしくれ借らてかへりし傘そ悔しき

旭影晴れぬとみれは時雨きぬ今日もかくてや日をくらすへき

夜汽車にて

汽車のまとに月はてりなから村時雨ふるおとすなり鈴川の里

旅雨

旅衣あかつきたちてゆくそてをあらふはかりもふる時雨かな

葉

もすの鳴く紅葉の梢昨日まてひと葉ふた葉はちりのこりしを

冬こもり松葉にかへて紅葉葉のにしきしきたり木からしの庭

中ゝにとはれぬあとのみゆるかなちりつもりたる庭の落葉は
はゝそ原むれちる鳥の一かたは木の葉なりけり木からしの風

庭落葉

朝きよめはゝきとゝめてかたるまに又ちりしきぬ庭の紅葉葉
吹きあれしあらしの庭に松はかり一木のこりて紅葉しにけり

山家落葉

都人ことしはとこそたのめしかたかねの紅葉きのふけふ散る
けふもまた軒はの山にくらしけり落葉かく子を思ふとちにて
山里の落葉の庭そうらやすきはくもはらふもかせにまかせて
さひしさをこゝろと入りし山住もみねの嵐に木のは散るころ

落葉靜

深きよのしもの枯生に散るこのは音せぬよりも靜けかりけり

冬日

今日も又はかなくくれぬとひ來つる一人二人と語りあふまに

冬旅

野も山もしくれの雲につゝまれて冬のひなかき汽車の旅かな

冬月

木枯の身に寒けれははりのまととはかりあけてみつる月かな

辻占のこゑふきおくる風さえていらかの霜のつきふけにけり

川冬月

賤のめかあらふおほねのしろ〳〵と川岸すこくさゆる月かな

驛路冬月

はりかねのはしらの風のおとさえて松原すこくふくる月かな

枯野

みたれふすゝきの上にみゆるかな枯野のすゑのゆきの遠山
松一木たてる枯野のしもくもり菫つみしはゆめにやありけん

筏上霜

あさほらけくたす筏に木曾路川きそのしもよの色をみるかな
昨日のきそはそもし清みてよむへきよし萬葉古義にもいへり
吹きおろすあらしをおひてさす筏ひのくれ早く霜おきにけり

千鳥

おほいそとよふ聲さえて夜車のゆめひやゝかに千鳥なくなり
照る月は磯山まつにかけおちてこゑのみ残るむら千とりかな

川千鳥

筑摩川昔おほゆるあさきりにとひかはしてもなくちとりかな

寐覺叡

八十

さゆるよのねさめの枕かせあれて霰となりぬよひのしくれは
たかとのゝ眠はとはてとけてねぬ板屋の夢をうつあられかな

冬庭石

まとひつる苔の衣も朽ちはてゝいしさへやせぬふゆかれの庭

寒夜衾

さえとほる霜夜のねやのあさ衾かさね〳〵も老いにけるかな

巨燵

からころも袖ぬひさしておきこたつしはしよりそふ夜の雪哉

潮生館にやとれりし頃

寝覚するこのあかつきの雨寒しみやこの空やみゆきなるらん

寒夜明月

おきわたすいらかの霜にきらめきて霜よりしろき月の影かな

玻璃こしにしもよの月のかけみれはみよの光そ先は身にしむ

氷

今よりの寒さやいかに窓のうちの水さへけさは氷りゐにけり

池　氷

ちりうきし紅葉葉なから氷りゐて池はにしきに包まれにけり

社頭氷

あさな〳〵氷のみこそ結ひけれあれしやしろのみたらしの水

みたらしや結へはとくる薄氷わかねきこともかゝらましかは

松下寒草

おしなへて枯生となりぬ小松はら菫つみしはいつこなるらん

常磐なる蔭にかくれておのれさへ冬枯しらぬまつのしたくさ

松蔭に霜をのかれてたつすゝき枯れたるよりも淋しかりけり

寒汀鷺立

かれあしに先音つれてたつさきのみのけにさわく夕あらし哉

ふる雪におのか羽色やくらふらんみきはの鷺の水かゝみして

初　雪

窓あけてしは〳〵みれとみれと猶つもりけもなき初みゆき哉

朝初雪

馬に鞍おけといふまに消えにけり高嶺の松のけさのはつゆき

はしめて雪ふりけるあした友たちの旅にあるを思ひて

いかにやととひみ問はれみ諸共にみるへきものをけさの初雪

雪

花におもひ月にしのひてあら玉の年にまたれし雪降りにけり

ふくかせのおとさへ空に埋れてもののしつかにもつもる雪かな

望雪　三十七年十二月御題

箱根山ふゝきしのきてゆく車ゆきをみやこにはこふなりけり

常ならは船に車に酒をのせてうかれんものをけふのはつゆき

もろこしの野ちのふゝきも俤にかつちるけさの雪けしきかな

市雪

ひちましりたてる佛となりにけりちきりくやしきいちの雪哉

市街雪

馬車ゆきかふおともうつもれて大路しつかにつもるゆきかな

夜雪

呉竹のかへる音すなり宵のまのしくれややかて雪となりけん

あつ衾かつけと寒きよるのゆきつもれる年そせんすへもなき

海邊雪

八十四

來ぬ人をまつふく風のおともなしすさの入江の雪のゆふくれ

萬葉にあちのすむすさの入江のありそ松あをまつこらはたゝひとりのみとあり

玉すたれたれかゝくらんたけしはや濱のみやゐのけさの初雪

松　雪

つくしわたかつくとみえてまつのみは暖けなる今朝の雪かな

雪の日小金井きみ子夫人より

言のはの花さへ咲きて君はさそなかめますらん今朝のしら雪

とあるに

くさも木もうつもれはてし今朝の雪詞の花の咲くえたもなし

雪いたくふる日川尻貞子牧野たへ子か問ひ來たるに

道をおもふ心深さのみゆるかな雪ふみわけしあとにつけても

雪中水鳥

かきくらしふる江の雪になく鴨の聲はかりこそ埋れさりけれ
をしとりの氷の床やいかならん今宵のゆきのふすまかつきて

雪中竹　新年御題

たてまつるためとやちよを包むらむみはしの竹のけさの白雪
おひしける竹のはやしにふりつみてちよをあまたに包む雪哉
ふる雪に撓めとをれぬ呉竹はよにたつふしのあれはなりけり
ふりこほす竹のはおとのさら〳〵に思ひもかけぬよはの雪哉

早梅

暮残るとしの日數にくらへてはなほよみたらぬ梅のはつはな

歳暮

何事もよに後れたる宿なからくるゝ年にはもれすそありける
悦にうきはそふよをなにこともなくて暮れぬる年ののとけさ

てをゝりて春をいつかとまちわひし昔こひしき年のくれかな

浦安くこゝらの年もすきてけりよにしられぬを身の幸にして

指をりて残る日かすををしむかな昔はたつをいそきしものを

何をして經にし月日そとはかりを只くりかへす年のくれかな

歳暮祝

めせやめせ門松めせと山かつか千歳をひさくとしのくれかな

海路送年

わか舟のとまりやいつこわたの原年はけふしもはつてふ物を

わたのはら限もしらぬ波の上をいかてか年のくれてゆくらん

冬　衣

たもとよりいてし一葉に冬衣こそしのはるゝもみちかりかな

時にふれて

一つ二つ咲ける櫻のかへりさきさかぬよりけに淋しかりけり

只ひとつ残るこすゑの月たにもちりぬはかりにふくあらし哉

一葉二葉のこる柳のいとほそきかけものすこし三日のよの月

くれたけの葉にれく雪やしつるらんよふかくさわくむら雀哉

さゝなみにうつる夕日をまくらにて夢あたゝかにねむる葦鴨

八十八

雑

河

ゆく水のふちせつねなき心にもなほ一すちのみをはありけり

瀧

山水のわくにまかせてよることにひにおりいたす瀧の白いと
とゝろける名に比ふれはないやから瀧の響はかきりありけり

深山瀧

おく山の瀧のしら糸引きはへて光おりいたすよとなりにけり
よふこ鳥聲するかたにひゝくなりこのまの雲やみねの瀧つせ

遠　村

これひとつあらすもかなのけしき哉松のこのまにみゆる白壁

田家烟　新年御題

賤のをはゆふひをおひてかへるなり烟たなひくをちの一むら

うちなひく民のかまとの烟より水穂のくにそかすみそめたる

民戸烟　同

とるわさにたく烟さへたちそひて空もにきはふきみかみよ哉

漁邨烟

ほすあみのつゆに夕日のかけおちて烟たなひくいその一むら

海上雲

百千ふねいて入る烟うちなひき雲こそたえねよこはまのおき

島山は波にかくれてくもはかりいまはふなちの友となりぬる

かのみゆる雲ははやてかわたのはらみたれてかへる蜑の釣舟

巖上松　新年御題

いつのよのさゝれのなれる岩ならんおひし松さへ苔むしに凫

御薪とならぬなけきやこりぬらむ斧に問はれぬいはかねの松

斧をこそ逃れはしつれ岩根松はりともならておいにけるかな

故郷松

箱庭にうゑてこそ見めふるさとのくちはか下のことし生の松

故里はたゝ一木のみのこれりし松もたきゝとなりにけるかな

殖林

年のはに若木そたちてうつはりのさえあまりある君かみよ哉

おくやまの林にまても大君のめくみのつゆのかゝるみよかな

これは森林法の事をよまれしなるへし

山路夕

まきおひてかへるきこりか影長し夕日うすつくそはのかた岸

田家夕

畔つたひおのれとかへるうしのせにほの〳〵のこる夕日影哉

あるゆふへ

油畫によく似しそらのけしきかな入日をつゝむやまのはの雲

晩鐘

いかはかり哀をつゝむこゑならんきけはかなしき入相のかね

挿花

花瓶に匂ひこほれてみゆる哉さしてことなるいろかならねと

栽竹

すなほなる心の友とうゑし竹ちよねかふとやひとはみるらむ

かきこもる爲とてうゑし宿の竹よにたち交るふしとなりけり

庭に竹を多くうゑて

呉竹の奥ゆかしくもみゆる哉なにのふしなきすみかなれとも

椿葉久緑　天長節御題

葉かへせぬ大内山の玉つはきかみよなからのみとりなるらん

君かよにあらたまりつるはま椿八百よろつよも色かはらめや

泉石多佳趣

おもしろき池のなかしますむ人のこゝろのはなの色も匂へり

雲似峯

ふしかねを麓となして峙つはくものつくりし峯にそありける

樵笛聲幽

杣木こるひゝきはたえて夕山のあらしにたくふふえの聲かな

夕山の雲にむせひし斧のおとはふえとなりけり三日月のそら

海上遠望

重なりて行くにやあるらし二つみし帆影一つとなりそしに皃

海上晩望

あかねさすいり日沈みてふねのほの白きにかへる夕暮のおき

山家客來

よの中をいとひて入りし山住も猶とはるゝはうれしかりけり

訪山居不遇

とひくれは庵には人の影もなし名やしるさまし窓のはせを葉

月あかき夜友たちとそゝろありきして

別るへき道にきつれといましはし語りてゆかん月もさやけし

雨晴

夜あかりのつゝくつゝかぬ知らねとも日和嬉しき朝日かけ哉

鶴　松浦伯爵の色紙にかける

雲の上を思ふまゝなるあしたつの野邊に田面にかつ遊ひつゝ

鸊鷉

ことの葉の花の林のこゝがしこ聲こそしきれあはれこのとり

蜘蛛

笹蟹のいかにかけつゝ糸ならんおちぬとみしは登るなりけり

蝸牛

家をおひてなにかいたつく蝸牛かしらの角のありてなきよに

蝦蟇

あなかまとよを睨むにも似たる哉何を思ひていはぬなるらむ

松上鶴

とも鶴のひなよひかはす松林いくらすこもるちとせなるらん

蜂といふ題にて

わか歌の姿とおもへは人の身をさすかに蜂もうとまれぬかな

虎といふ題にて

おそろしき人の心にくらふれは虎はやさしきけものなりけり

とらへきて手馴らずみれは人はかりよに怖しき物なかりけり

ませの内にやすき月日を送りつゝ虎はねすみとなりにける哉

傳書鳩

白雲にかはすつはさの玉つさをきのふまてこそ空にきゝしか

いさゆきて味方のたよりきゝてましたむらのいほり鳩歸る也

御歌所寄人の仰をかうふりける頃月次御題の傳書鳩と
いふをみてひそかにおもひつゝけゝる

野に山におもふまゝなる翅もてなに雲井にはゆきかよふらん

絲

てもすまにひけや繭糸この繭にすめらみくにの富はこもれり
をとめらかかふやくはこの糸にこそ御國の富は引出されけれ

衣

から衣表はかりを飾りつゝうらはつかしきよにこそありけれ

鏡

おとろへし姿にかへてますかゝみおいぬ心をうつしてしかな

香水

きくうはらさま〳〵香にそ匂ふなるこれやとこよの花園の露

鐵瓶

かきならす三つのを琴のおとたえて火桶にのこる松風のこゑ

火ふき竹

信濃なる木曾のはふりのそれならて風を心にまかせけるかな

九十八

俊頼の歌に信濃なるきそちの櫻咲きにけり風のはふりよすきまあらすな
とあり

燐寸

人もまたいこひにけりなすりすてしまちこそ残れ花のした蔭

暖爐

雪とくる司の軒にたつけふりうするゝ見れはひるすきにけり

坐蒲團

かきこもる窓のあけくれ文机の友としとねのむつましきかな

釣床

花さそふ風にゆられてつりとこの眠はさめぬねむのしたかけ

枕時計

あかつきの枕時計の針のおとにほころひかたの夢そ縫はるゝ

烟管

よをこめてかよふ烟に呉竹のふしみのゆめもかつさめにけり

まきたはこ

すひからの積るを見れは巻烟草みやひかたりに時たちにけり

巻烟草數をつくしてくゆらせとなほうちけふる歌おもひかな

汽　船

ゆく船のかけはみる〳〵消えてけり烟とあとを波にのこして

燈明臺

わたのはらやみにきらめく燈火はあきらけきよの光なりけり

わたのはらふなちのやみも照すなりみちあきらけき國の光は

燈

かゝけつゝ書よみしよは夢なれや老のねさめの闇のともし火

あきらけき光あふきておもふ哉影ともし火のくらかりしよを

街燈

明らけき御代の光にうち日さすみやこ大路はやみの夜もなし

電信

いなつまのひかりのひまに五百重山こえてちりくる露の玉章

電話

いさ子ともてれほむかけよ友のかりよゝし月よし梅も匂へり

無線電信

空にさへかり使はれて稻妻のいとなきよをやうちかこつらん

水力電氣

おちたきつ糸引きはへて燈火のよるの錦はおるにそありける

おちてこそいなひかりとはなりにけれかみと轟く峯の瀧つせ

電車

大空の物と思ひしいなつまにのりてゆきかふよとなりにけり

馬　車

あゆみとくすゝむみよには小車の牛も馬とそ引きかはりぬる

自轉車

一すちにあからめもせすゆくくるま學の道もかゝらましかは

人力車

ぬかれしときほふ車にのるときはわか心さへとゝろかれけり

のるも人引くもまた人ひとのよはあはれ車のまはりあはせや

はせちかふ車の上のゆきあひにこともかはさす過きにける哉

二人ひき人力車

契りおきし時はせまりぬ二人引とくゐてこすや時はせまりぬ

運搬車

空車わか子をのせて引きつれてうらやすけにも歸るいもとせ

夜汽車

風の音もあら野の露をよもすから結ひと丶めぬ夢にわけつ丶

月夜汽車

一すちの烟を月に殘しおきてそらにきえゆく汽車のおとかな

汽車旅行

空蟬のよにも似たるか汽車の旅たちまちにうみたちまちに山

停車場

すてしほの庭たもとほり時みつ丶車まつまそしつこ丶ろなき

輕氣球

天とふやつはさもからす大空をゆきかよふよとなりにける哉

墜道

とむねるに車は入りぬ箱根山やまほとゝきすあなといふまに
のりあひの人皆窓をとさすなりとむねる近くなりやしつらむ

喇叭

吹きたつる喇叭のこゑに生死もわすれて人の血そをとるなる

半鐘

早鐘の音こそしきれとくゆきて火元問ひこよたむろにゆきて

蓄音器

くりかへしきくそ嬉しきかたいとのたえて年へし人の言葉を

幻燈

時のまにさま〱うつりかはるかなこや空蟬の人のよのかけ

活動寫眞

たえまなく寫してのちにつたへはや動きてやまぬよの姿をも

碁

一年のひかすのいしに一年のひかすもやかてうちわすれつゝ

紙　鳶

西東かせのまに〳〵身をよせてこゝろ空なるいかのほりかな

いかのほりいかに引れし糸ならん雲の上高く立ちのほるなり

ろむてにす

はら〳〵と亂れて花のちりくなりてにすの球や枝にふれけむ

鞦　韆

鞦韆の縄ふりはへてうなゐらか長き日あかすくりかへしつゝ

鞦韆は和名抄にゆさはりとよめり

へえすほうる

淺みとり霞をわけてけふもまたわらはかともは野球うつなり

へえすほうるは野球と譯すればのたまとよむへし

裁縫

から衣ときて洗ひてはりの糸の長きよすからぬふやたかつま

造花

雨風をへたてし窓のうちにこそちることしらぬ花はさきけれ

盆栽

風のおとを釜にゆつりて埋火のかたへしつかにたてる松かな

かたつえに硯の海をおほひけりつくゑのしまの松のひともと

植物温室

われも又室の草木となりてしか寒きこのよをよそにみるへく

山葵漬

うつせみのよの味ひに似たる哉辛けれとなほすてかたくして

文

かきなかす硯の海しあさけれはわかおもひ川とゝこほりつゝ

横　文

あし蟹の跡とめみれはおのつから横にも道のあるよなりけり

翻譯書

横さらふ蟹のあしてのあとゝめて道しるへする濱千とりかな

歌

進みゆくよにともなひて敷島の道ふむあしのおくれすもかな

花さかぬ言の葉はかりしけりつゝあれはてにけり敷島のみち

官　報

いさことも官報もてこ司めしきのふそいたくかはるときくを

新聞紙

あさな夕な生出つるよの事草をたねにて咲ける言のはのはな

新聞號外

號外のこゑいさましく聞ゆなり御國のいくさまたやかちけん

新聞探訪

染殘すこすゑもあらすむら時雨昨日のたつたけふのたかまと

假字つかひ改定案を

あたひなき我か言玉にきすつけて碎かんとする人もありけり

道に迷ふ心のこまは言の葉をふみちらすまてあれまさりつゝ

活字版

ほりうゝる道月に日にひらけつゝふみの林そいやしけりゆく

ある人盃に歌一首かきてといふに

くむ酒もみつれはやかてこほれけりたらはぬ程そ飲心地よき

扇の賛に

手にとれはやかて暑さそ忘らるゝ何處に秋をたゝみこめけん

廢　刀

武士かはきつるたちのをとゝもにやまと心はとけにけるかな

振天府

まのあたりこゝにみ國の大みいつ今もふるへり空もどゝろに

帝國議會

難波江におふるよしあしふしをおほみ起居ひまなき濱千鳥哉

赤十字社

このわさの心をやかて心にていくさなきよとなすよしもかな

綿撒絲

たへぬへき玉のをゝしも繋く哉いとそ嬉しきいとそたふとき

別荘

こゝも又なりところとはなりにけりみわたし廣き松のした蔭

たかならんはなはにたてる松の蔭けはひゆかしきなり所かな

鰻鱺亭

あかりくる程まつまこそ久しけれうつや團扇の音はかりして

賤か家

隣とちうきよはなしもへたてなきしつか住居のうら安きかな

慈善寄附金

咲きさかぬこかねの花にこきうすき人の心のいろもみえつゝ

貯金

君かよはうなゐかともゝ道草にかへてこかねの花をつむなり

朝湯

百十

朝ことのゆむろの友となれ〳〵て中あたゝけくなりし人かな

女醫者

男花にもまさりてつゆの玉のをゝしけくつなける女郎花かな

まよひ子

あこか家は何處そてゝか名は何ととへと答もなくのみにして

捨子

捨られし物ともしらすたらちねのちふさ尋ねて泣くか悲しさ

囚徒

くるしさやつゝみわふらん眠たにえこそあかねのせまき袂に

わか道

道にきゝて又道にとく人を多み道にきはしく見ゆるころかな

論語に道聽而塗說德之棄也とあり

教育

木こりうた田歌にかへて君かよを賤山かつもうたふ御代かな

はしためかにうすよむにもみゆるかな教あまねき御代の姿は

放心

糸きれて風に任するいかのほりつひの行方やいつこなるらん

孝

たらちねの親につかふるこの道そ人の道ふむはしめなりける

名

千歳へてくちぬまてこそかたからめ骨に件ふわか名ともかな

武功

よをゆするほまれの聲となりにけりわか御軍の銃のひゝきは

たくひなきわかもののゝふの道の花とつ國遠くかをるはるかな

百十二

ねさめ

ねさめして思ひつゝくる事種は筋さたまらぬ物にそありける

夢

限りなく悲しきものはなき人に逢ふとみし夢の名残なりけり

大かたのあらまし事をかきつめて筋もさためすみつる夢かな

ぬはたまの夢そうれしき夢にこそ父はましけれ母はましけれ

往事如夢

おほかたの事みな夢のよの中にこしかたのみを何かいふへき

日々新

あさな〳〵あたらしく咲く朝かほの花を學のこゝろともかな

大丈夫寧可玉砕

おほかたのよにをしまれてちる花のこゝろを人の心ともかな

燈前讀書

ふみよまぬ家こそなけれ明らけきみよの光のともし火のもと

いなつまのあかりのもとに書みつゝ螢あつめしよをしのふ哉

書心聲といふことを

硯の海とゝこほりたる水くきにあさきこゝろの底やみゆらん

昔のますらをはつとめてうるはしからぬ衣をきたりき

今のますらをはつとめてうるはしき衣をまとふさるは

其心の色いかにかきかまほし

きる人のこゝろの色もかつみえてうらはつかしきから衣かな

古川に水たえす

谷かくれよをふる寺のつゝらをりくる人あれや道のたえせぬ

鬼も十八

百十四

鬼あさみ花こそ匂へほと〱におのかさかりはあるよなり虎

うきくさの句をうたに

けふはまた此きしにこそさきにけれ人のこゝろのうき草の花

とし頃書抜きおきつる文ともを一つにつゝりとゝのへ
たるを千草のにしきと名つけて

玉ほこのみちゆきふりにたをりこしはなは千草の錦なりけり

文科大學なる國文科中に詠歌の隨意科をまうけられた
るよしきゝて

かくてこそわか敷島の道しはにふたゝひにほふ花もみるへき

藤枝高等小學校の女生徒か歌よみ習ふよしきゝて

おこたらすなほつみはやせ言のはのはなは學の道ににほへり

うれしきもの

玉の緒の命をかけしねきことは結ひもあへすけふとけにけり

ゆきくれてたとる野みちの末遠くほのめく火影里はありけり

よに高き譽をおひてつゝかなくわかせ歸れりけふつゝかなく

藏書印にかへて

たか春の花の栞にしのはれんわかわけくらすけふのやまふみ

久米舞　紀元節御題

いと竹の音にきくたにうれしきはむかしにかへる手量のそて

神武紀に是謂來目歌、今樂府奏此歌者、猶有手量《タハカリ》大小、及音巨細、此古之遺式也

とあり

詠史

よしの山春もはかなくくれにけりはなの盛はときのまにして

聖徳太子　常陸國善重寺賜

百十六

今もなほうつゝのやみをてらすなりその夢殿の法のともし火

夢殿は太子の法華三昧入定し給ひし靈蹤にて今猶大和法隆寺にあり

有馬皇子

いはしろの濱の松かえ結ひつる恨はちよにとけすやあるらん

萬葉に磐白の濱松か枝をひきむすひまさきくあらはまた歸りみむとあり

宗良親王

若葉ちる嵐の園にたつか弓すてしはひろふためにやましけん

親王は新葉和歌集を撰はせ給へり

熾仁親王

春風に君かとらしゝ大みはたみよはむかしにひるかへりけり

しけりたつ竹の園生のよゝのうちに猶すくれたり此君のかけ

彰仁親王

御軍のあるにつけても偲ふ哉よにまさきくておはしまさはと

鳥羽伏見そのいてましの道よりそみよは昔にたちかへりける

能久親王　臺灣神社鎮祭式に

ましゝよの功のみかはたまちはふけふのみいつも高砂のかみ

有智子内親王

ふみわけてたれかはめてぬ春日山御幸にさきしことのはの花

尾張濱主

若竹に露もかはらぬおきふしやよのなか人のすかたなるらん

聲たかくよに聞えけりくれ竹のみはしのもとの春のうくひす

これは清涼殿萬舞樂のたひの事を咏まれし也長壽樂は春鶯囀といふ事體
源抄にみゆ

よろつよにひるかへりけりもゝちまり十の翁の舞のたもとは

菅公

よとともに文の林をてらすかなほしにまかひし花のひかりは

萬代にふきつたへけりいへの風月のかつらををりしのみかは

凡河内躬恒

いかなれは山邊をさしている月の影みはしにには昇らさりけむ

松風のたかき調はおきつなみよをこそゆすれいまもとゝろに

ことのはの花のみめてゝいまも猶ちりにし蔭は問ふ人もなし

下枝あらふ波はおとなし住の江の松のあき風たかきしらへに

經信卿の沖つ風吹きにけらしな住吉の松のしつえをあらふ白波といふは聲うちそふるの歌に劣らぬよし俊頼朝臣許したりと著聞集にみゆ

新羅三郎足柄山のかたに

まつのかせいかにふきてか笛竹の空しきふしはよに傳へけん

足柄山秘曲傳授の談は義光時秋時代叶はす信しかたしとの説によられしなるへし

今井兼平

梓弓いにしやすちの鳴かふらおとこそのこれいまもとゝろに

立入宗繼

千代かけて道こそてらせ熱田の宮やみにかゝけし三つの燈火

豐太閤 へ豐國祭献詠

伏見山はるしくれすはとらほゆる野にも櫻をみてましものを

大石良雄

よの人にふかき心をしられしとすみけんものか山しなのさと

加茂眞淵

御代をさへはたいにしへにかへしけり君か功は道はかりかは

末くまぬ人こそなけれ徳川のなかれに引きしあかた井のみつ

弘法大師

しるへせしその燈火をあはれ君みくにの道にかゝけましかは

雲の上にかゝやきしよそしのはるゝ高野の峰のありあけの月

僧月照

花その梅のはつはなちりてこそよの春風はうこきそめけれ

さつまかた波間に入りし月影は今もさやかによをてらすなり

大葉子

君か手に振りし城の上のひれにこそ臣の鏡はみかゝれにけれ

今もなほはたへにさむし韓くにの城の上にふりしひれの下風

和氣廣蟲

麻衣ふきかへされしたもとよりけたしやたてるうさのかみ風

紀貫之女

勅なれはいともといひしうめにこそかしこ所のみは結ひけめ

紀氏系圖に朝臣女は内侍とみえたれとも大鏡の文にいへる旨及拾遺集によみ人しられぬものとせしなとによれは勅なれはの歌よみし時はいまた内侍ならさりしこと明か也、さらは此勅なれはの歌によりて朝臣女といふことしられさて内侍ともなし拾ひしなるへしと翁のいはれしことありこの歌もさる心にてよまれしなるへし

よにしらぬ花もましれり君か手につみし言葉の六のかたみに

六のかたみは古今六帖をいふ

檜垣嫗

いかにすみいかに流れし末ならんそのみなかみもしら川の水

小野通女

百二十二

君かうゑし一本よりそみつのをのことのは草はよに繁りける

春日局

君か手にせかれさりせは流れてのゆく末いかにみなもとの水

列翁一世

沖津波立かへるへきかたをなみいかにくたけて物おもひけん

讀日本書紀

鳥見の山祭のあとのかすみよりはてなきみよの春はたちけん

紀元節御題

四年二月靈時の事みえし後七十三年の程三十一年の御巡幸四十二年の立太子の事の外史上に記事なきは常に深く治績に大御心をそゝかせ玉ひて記すへき事なきに因れるにて萬世一系の基は實にこゝに開けしなるへしとはやく翁はいはれきこの歌やかてその心にてよまれしならん

あしひとつあかりの宮は天かしたふみかためます始なりけり

天皇東征の初菟狹津彦菟狹津媛、天皇を一柱騰宮《アシヒトツアガリノミヤ》に饗し奉ること紀にみゆ

出雲國美保崎神社祭神の像に

出雲國なる美保崎にしつまりいます美保神社は事代主大神をいつき祀れるものにて書紀に美保崎と記されたるはやかてこゝにて正しき古のあと所なりとそ

みほの崎青ふしかきのふして禱りおきてそ仰く神のちはひを

うつたへに心つくして禱れたゝ天のさかてのさかえねかはゝ

古事記に八重事代主神云々、即蹈傾其船而天《ノ》逆《サカ》手《テ》矣《チ》於青《コアヲ》柴《フシ》垣《カキ》打《ウチ》成《ナシ》而《テ》隱《カクレマシキ》也とあるによりてよまれしに也

ふしの爲に

さまかへて又珍しきけしきかなきのふもみつるふしの芝やま

木曾路名所畫帖のうち

百二十三

百二十四

寐覺の床　春

よのかきり夢路かすまんけしき哉ねさめの床の春のあけほの

猿橋　冬

はらわたをたつよのさまやしもと原こゑさへかれし猿橋の月

墨梅

はなのかはかすみにこめて朧よの月に影見るまとのうめかえ

霞

むらたつの聲こそすなれいくちよを包みこめたる霞なるらん

花のもとに人たてりかたはらに馬つなきたり

咲匂ふはなのしたかけうかれたつ心のこまそつなきかねたる

蓮のうき葉のかたに

にこりえは玉の臺となりにけりうつむはちすの露のうきはに

にはとりの賛

よのために身をしも殺す庭つとり庭の教へよいかにたゝしき

はしこかきたる畫に歌かきてとあるに

はしこうる聲のとかなり小柴垣うめのはなちるきた山のさと

伊藤仁齋か糧しろにとて羽折ぬきて妻にとらする圖

かて代にぬきし羽折は中々によをおほふ名とかはりけるかな

備後國沼隈郡山南村なる光照寺に傳ふる圓光大師の畫
傳に題す

うつしよのいくその人かわたすらむゆめにかけつる法の浮橋

兼好法師の像に

ちきりおきし花も忘れてみつる哉ふもとのたゐの秋のよの月

初句は兼好法師かかねて葬地を雙岡に卜してちきりおく花とならひのを

百二十六

かのへにあはれいくよの春をすくさんとよめるをいひ末句は法師か伊賀の國見山の麓なる田井の庄に菴を結へりしをいはれし也

達摩の肩に美人のもたれかゝりてあるおしゑのかたに

天地のこゝろとおなし心にははなもかれ木もひとつなりけり

演戯千代崎自害の時のうた　依田百川氏に代りて

こきうすき心のいろは山さくらちりての後そよにもしられん

わかき女あるいへの軒にわかき男雨やとりしたるかた

袖ぬらすつまとやならんしはしとてあまやとりする夕立の軒

日清戰圖　夜營の兵のかゝりたきてあるところ

更けぬるかしろやまゝつに月おちて秋風たかく馬のいなゝく

菊川か家に藏する高砂の尉と姥との圖幅あり尉は十二三姥は九つ十はかりその前に若松を書けり着想いとお

もしろけれは
ともにへんちよよろつよの行末をふたはに契るあひおひの松

播州高砂神社祭典紀念歌に尉と姥を

かきつめてなほいくちよをまつのはのつもる齢も高砂のかみ

活人畫

まのあたり昔の人をみつるかな寫畫ならぬうつしゑのうへに

社頭祝　神武天皇二千五百二十年祭

よとともに神のみいつのます鏡あすそせかいの影もうつらん

寄花神祇

とつくにに咲かぬさくらの花にこそ神の心のいろはみえけれ

寄日祝

よをてらすひかりもしるく東の海今さしのほる朝ひこのかけ

百二十八

まよひつる雲霧はれて東の海かゝやきのほるあさ日かけかな
天つ日の光とともに世を照すあまつひつきのかきりしらすも
西東よをてらすへきさかよりや朝日をはたにゑかきそめけん

中村月嶺氏か還暦に寄月祝といふにて歌一首とあるに

一めくりめくれはさらに若かへる君かよはひやひさかたの月

萬民祝

ちしまより高砂かけて君かよのこゑあめつちにとよむけふ哉

寄國祝

なへてよにてりこそわたれ東のうみ日いつるくにの大御光は
君と臣の道もうこかす玉ちはふ神のかためしやまとしまねは

寄道祝

とつ國の種もましりてさま〱のみちにはな咲くみよの春哉

武士のみちに咲くはなたくへこしさくらよりけに匂ふ春かな

寄書祝

にし東文のはやしのはなさかりいろかあらそふ御代の春かな

ふみわけぬひとこそなけれ教草しみさかえたる大御代のはる

日こと〳〵いてくる書の百千巻この大御代のかすにとらはや

小中村博士七十の賀に寄書祝

きはめけむ書の八千巻よろつ巻君かよはひのかすにとらはや

歌道奨勵會河北支部にたてし忠衡文庫のために寄書祝

書巻の數のしるしのいろは藏たてそつらねむよみあへぬまて

寄梅祝

色かへぬ松とたけとを友としてちよにかをらむ花はこのはな

井上頼圀博士の六十賀宴に竹千年友

いさや君この君をしも友としてちよに嬉しきふしかさねてよ

ある人の六十一の賀に寄竹祝といふを

此君の齢をよめは六十といひて一よへにけりちよのそのうち

美濃の人矢野某か夫婦の賀に松といふことを

としことにおひそふ小松数しけみ老木の蔭そいやさかえゆく

土屋氏貴氏七十賀に寄松祝

千年てふよはひ思へはそのゝまつ七十ちはなほ若木なりけり

寄菊祝

ちとせとも何かかきらん菊の花秋なきときをねにしちきれは

寄酒祝

かきりなきよはひほきつゝくむからにとる盃も数そしられぬ

寄花卉祝

きみかへんよはひよまはや春秋の千草の花をかきかそへつゝ

従一位近衛忠熈公米字賀筵に鶯有慶音といふを

なへてよをはるとなしけり位山高嶺のまつのうくひすのこゑ

皇太子殿下御慶事祝歌

廻ります天の御柱ひたりみきりみこうましませ國うましませ

堀鉞之亟氏の父母の古稀と還暦との賀に寄梅祝といふ

を（鉞之丞氏兄弟六人の人々勸進なり）

枝かはす親木の花に香をそへてわか木もにほふ梅はやしかな

佐藤楚材翁八十賀宴

君そ見ん空とふふねの雲わけて月のみやこにゆきかよふよも

ある人の八十八の賀

君かためけふむす米の數をこそ今よりのちのよはひとはせめ

ある人の七十七の賀

けふの此齢をやかて一つにてなほよろこひのかすかさねませ

中央歌文會の一週年を祝して

いろかあることはの花を折りはへてなほ栞せよこの道のため

新　婚

末長きえにしのいとをうみのこのやそつきかけて結ふ今日哉

大森三位か長氏と結婚せられしをよろこひて(長氏の名齢といふ)

かきりなくなかき齢の糸なれは結ふえにしのはてもしられす

金婚式

黄金もて包まれにけり妹背かはきしのやまふき花やさくらん

前川源七郎か新婚に歌一首をとこふに

ちよかくるけふのえにしの糸長くむすひかためよいへの榮を

歌道會の更始をよろこひて

枯草ににひくさましりあれにけりはれやひらけやうたの中道

静松園主人の退隱をことほきて

家のかせ若木のえたに吹繼きてしつかに千代をまつかけの園

還暦の賀

六十かへり猶よみかへせよみかへすけふの齢を一つにはして

足立男爵の勅任にすゝまれしをことほきて

あま雲にひそみし龍の風をえていまそみ空にたかくをとれる

高崎男爵のうまこの初幟の祝に

家の風いやふきそはんゆく末もくも井にしるきはつのほり哉

某伯にかはりてその竹馬の友なる某氏の六十一の賀を

祝す

もろともにちとせかさねて竹馬の昔かたりに今日をかそへん

石野某か外務省に出仕せるをよろこひて

雲の上に翔らん樣もおのつから春たつけふの田のもにそみる

見龍在田といふ易の語をふまれしなるへし

美濃の國人桑原某夫婦の賀の祝に

いもせ山中ゆく川に末なかき千歳のはしをかけてこそいはへ

川尻寶岑氏か孫女を得たるをいはひて

つるの子をやとさんちよの生先もふた葉にこもる宿のひめ松

阪谷博士大藏大臣に任せられし時穗積歌子夫人にいひ
おくりける　(阪谷夫人は歌子夫人の令妹也)

いかはかりにはの春風かをるらん連なる枝のはな咲きにけり

松方伯爵七十賀に

白銀をこかねにかへし一つたに君かいさをは世にかゝやくを

穂積陳重博士の銀婚式に

妹背川卯の花ひたりゆくみつのよとせやかてやまふきのふち

高崎御歌所長七十賀に寄道祝を

しきしまの道の奥なる紀路の山君はやすくもこえにけるかな

敷しまのみちのしをりを天津日のはたて高くもたてし君かな

同し賀筵の當座に海邊鶴

雲に羽うち朝日をおひてとふつるの塒なりけり鶴壽山のまつ

八田翁の鶴園記の文によられしなり

雲の上にあまりてよにもひゝく哉ことの葉山の濱のたつかね

哀傷

百三十六

まことゝもおもひさためぬゆふへ哉假初ふしのおも影にして

ちゝきみの百日に近よりける頃

日にそへて忘れはやらて思出つる事のしけくもなりまさる哉

小島にありける頃妻のあからさまに靜岡へゆきけるか
ゆくりなくみまかりけれは

雨もよひふらぬほとにと出てにしよおもへは終の別なりけり

大橋乙羽氏七七の小祥に

くりかへし袖にかけてもしのふ哉たえしおとはのたきの白糸

中根香亭ぬしのまなむすこ彪氏か心臟摩痺の症にて俄
にみまかりけるをかなしみて香亭ぬしに

あやなくも猶こそ歎け定なきよのことわりはことわりとして

現とはわれたにおもひわかれぬを夢のゆめとや君はたとらん

彪氏かみまかりしよりやう〳〵百日にもちかよりぬと思ふにつけて香亭ぬしの心いかにとおもひやるたに袖のつゆなり

なにことをおもふとなしの袖たにも露けきものを此ころの秋

尾高惇忠ぬしを悼みて

馨しきかのみ残してかをり草ちりにし花のをしくもあるかな

この翁は芝蘭の事をくはしく考へたゝされ得し人の由なれはかくはよまれしなるへし

ぬしのよに在し頃余にあはまほしくする由歌子夫人傳へられ余も語らはまほしく思ひしかと其頃より病の床にありと聞つれはおこたりてなと思ひ居たりしに遂にかくはかなくなられしこそ朽惜しけれ

百三十八

あな悔しかくとしりせはたゆたはて病の床をとふへかりしを

島田博士ののへおくりに

この送る人皆やかておくらる丶人にやはあらぬあはれよの中

ある人ののへおくりに

今日まてはなほひとをこそおくりけれ秋風寒きあたしの丶原

墓地にて

か丶れこそ世は悲しけれあたらしき墓にも花のなきか多かる

牧野たへ子かことし一月母をうしなひて四月また夫におくれしをいたみて

ぬきもあへすたち重ねたるふち衣君かうらみそ思ひやらる丶

川尻貞子のうまこちゑ子かことし三月四ッにてみまかりけるをいたみて

さながらに殘れるひなの袖みてもやがて涙やつゝみわふらむ

阪卷鎧治氏か妻身まかりしよしきゝて

今更におとろかれけり人のよは常なきものとおもひしる〳〵

京都なる大森道正氏の病おもりぬるよし電報ありけれは夜汽車にて出立つとて

いかはかり樂しからまし月花に思ひたちぬるこよひなりせは

いたりつきたるに昨日身まかられぬといふに

あなくやし一日早くはいとせめて今はにたにもあはまし物を

毛利元德公の一週年に冬懷舊

袖ぬらす人をあまたのむら時雨今年もけふにめくりきにけり

從二位德川義直卿(尾張侯)二百五十年祭に寄書懷舊

卿は皇國學の上に御志あつく神祇寳典類聚日本紀成功記なと十餘部の書

百四十

を著し玉ひ神祇寶典は維新の後朝廷に奉りたりとそ

かきわけしあとふみゝつゝ仰く哉そのかみ山にのこる言の葉

佐々木弘綱ぬしの十年祭に懐舊といふことを

荒まさるうたのあらすたかへす〳〵君しあらはと偲ふけふ哉

小中村清矩翁の五週年祭に「島村のたかとのに仲秋の月をめてて更たくるまて物語聞えかはしゝもはやく五とせのむかしとなりぬとおもふにもいと悲しくて」とはしかきして

ともに見し影はその夜のかけなから光はえなきよはの月かな

八田翁三十年祭影供歌會を高崎男爵か葉山なる別第に開かれし日天氣よくはれていとうらゝかなりけれは

なこむらん神のこゝろを久かたの空のけしきにあふくけふ哉

石田某か祖先の三百年忌に歌よみてと千郝卍价氏のこへるに

みつのもゝの根さし忘れす咲出るこすゑの花の色そゆかしき

水原史郎氏の追悼會に夢といふことを

まのあたり見る程はかりうつゝにて夢も現も夢にそありける

下總國大槻某七十八にて去年六月身まかりつるか生前松をふかくめてゝ庭に生したて家の名をも松園とつけたりけれはことしその一年祭に寄松懷舊といふ題にて歌あつむるよしにて歌こふに

君かよにたくへむとこそおもひつれかたみとなりし園の松哉

池田慶德君の十年祭に秋懷舊

因幡山むかしこひしき秋風にいくらのそてのつゆか散るらむ

平田篤胤翁六十年祭に道

ひらけゆく月日にそへてふむ人のまれにもなるかあはれ此道

八田翁贈位追祭に月似古といふを

てる月の鏡はかはる影もなしよはさま〳〵にうつりきぬれと

大谷光尊師の一周忌に雪といふことを

たくへつゝはかなくきゆと見し雪は今年も更にふりける物を

鈴木重嶺ぬしの追悼會に

けふよりは誰とたとらんよと共にいやくたちゆく言のはの道

靜岡なる故立花實辰氏は昔兄弟の契を結ひし人なりその十三回忌に

桃そのゝ春のちきりを夢にのみ結はむものとおもひかけきや

菊地博士の長男文三氏の一周忌に

生先のはるにはいはて一年をなきにかそふるけふのかなしさ

伊達行朝朝臣の五百五十年祭に

今もよの人のこゝろをてらすなりすそわの田ゐにすみし月影

小中村博士か十年祭に墓地にまうてゝ

奥津城の石には苔もむさなくにあらぬ様ともよはなりにけり

根岸の里にはふるき友かき多く住めりしを今は外に移り住み又はよになき人ともなりなと昔しのばるゝこと少からす

呉竹の根岸の里は思ひいつるふしいとしけきところなりけり

寄露懐舊　松永貞徳翁二百五十年祭

今もなほこの道しはにかゝやけりあしのまろやのつゆの白玉

近藤重藏氏追薦に海邊懐古を　三十八年の詠なり

百四十四

樺太やかへる中津の浦なみもむかしたつねてうちむせふらん

寄書懐舊　上眞行氏父某の追悼

呼ひつれし友ならねとも濱千鳥跡たつねてそねはなかれける

寄花懐舊

櫻木ににほふことはの香をとめて散りにし花をしのふけふ哉

寄糸懐舊

より糸のあひみしふしを繰かへしむすほゝれても偲ふけふ哉

宮城縣なる莊司某より寄水懐舊の歌こへるに

莊司か家の庭前黄金硐のかたはらなる清泉はいにし九年行幸の時

聖上に奉りしものなるより此題ありといふ

いまもなほ世にかゝやけり天津日の光やとしゝ黄金井のみつ

顯戀

人言のしけきおもへはありしよの夢はまさしき逢瀬なりけり
明けはて丶面なかりつるわかれより名も隱れなく顯れにけり

不逢戀

かたいとの苦しや何の契とて絶えぬものから逢ふよしのなき
我せこにきせんと思ひし秋あはせ縫ひし儘にて年もいぬめり

別戀

きぬ〳〵の心もしらてよこくものうはの空にもわかれゆく哉

疎戀

蜘蛛のいのたえぬはかりを命にてか丶るもあはれ露の玉のを

忘戀

やかて身にたくへてみむと思ひきや忘れていにしねやの扇を

後朝戀

かへしねし袖のなさけと思ひしは現なりけりけさのたまつさ

夢逢戀

いかにして逢ひいかにしてわかれけん覺束なくもみつる夢哉

おもふ人を夢に見てといふを

返しねし衣なりけり打解けてかさぬと見つるひとのたもとは

敷妙のまくらの外はものもなし夢なりけりないまのおもかけ

寄天戀

物おもふ袖のしくれとなりにけりひとの心のそらのうきくも

夏戀

閨のとに立ちやすらひて夏のよはけに短しといひしひとはも

冬戀

きぬ〳〵のねやのとあけて此雪にいかてと言ひし人そ戀しき

梅の花にそへて人のもとに

春ことにかくてみはやとたのめつる花は昔のかに似たるかな

年經て逢ふといふを

嬉しくて悲しき物はうきなから絶えにし人に逢ふよなりけり

もろともに袖ぬらしつゝ語るかなありしに似たる春雨のまと

送別

をしとおもふ心のこまに鞭うちて手綱を君か手にまかせつゝ

外國行送別會

天の原ふりさけみても偲へかしこよひうかふるさかつきの影

穗積陳重博士か伊太利亞へゆかるゝ時賢所の參拜に御かはらけたまはりて家にもちかへられけるにいかゝし

百四十八

つるにかわれたりけれはつきつくろひてこれにうたひ
とつと歌子夫人よりこはるゝに
片われし雲の上なるさかつきはつきてそ影もみちわたりける

渡邊全權公使を送る
明日そみむはとはの波の忽によにあふかれてかへるたもとを

戸塚巻藏氏か獨國留學をおくる
袖の上にかけてもまたき契る哉はとはの波のたちかへる日を

千歳山懷古
羽前國千歳山萬松寺は阿古屋松の古跡也とそそこの歌
よみてとて此題をおこせたるに
ちとせ山木の間の月の影ふけてむかしをかたる松かせのこゑ
萬松寺

たらちねの昔のはるも霞むなり吾子やのまつのおほろよの月

岩木山　岩木山神社奉納歌

岩木山いつかまたみんいつまたの杉の木のまのおほろよの月

川中島懷古

いにしへのおもかけをさへてらす哉かはなか島の秋のよの月

修善寺八景の內

城山晴嵐

城山のまつに入日のかけくれてせみのねいさふ夕あらしかな

不越歸樵

峰こえて今こそかへれ山の名もきこりの爲はかひなかりけり

小田原名所の內行幸の濱

萬世にふきつたふへき聲すなりけふの行幸のはまのまつかせ

大洗磯前神社詠進の歌の内

袖の浦

たちかへるおとはかりして夕なきの霞につゝむ袖のうらなみ

たゆたふ濱

波の上に月さへ清くいてにけりかへさたゆたふ濱のゆふくれ

緑の岡

月花にかけしあはれはあともなしみとりの岡の雪のあけほの

小島にありける時あるあかつき

やまさとのかやののきはの松の月かゝる哀をたれにかたらん

熱海のやとりに小中村博士と題を探りて歌よみし中に

温泉寺

萬世もくちぬ其名にくらふれは松のよはひはかきりありけり

錦岩

名にのみはたてときてみる人もなき錦の岩のをしくもある哉

熱海途中

みれとあかぬいつの島山いつも〳〵斯てこそみめいつの島山

熱海にありし程人ゝと共に梅園に遊ひて

末の露もとの雫にそてぬれておくれさきたつあきのやまふみ

神田區に住みしころ

午つくる筒のひゝきも耳なれてきゝはつすまてなりにける哉

小中村博士磯部溫泉の旅ねより消息に　枕邊にかよふ
うすひの川の床夏ともしらぬたきつ岩波とあるに

夏衣うすひのかはのいは波はおとにきくたにすゝしかりけり

また金洞山に遊へるよしをきゝて

白雲のよそにおもひし中のたけたけくもきみはのほりける哉

日光途中

下野やなすのはしもゝ置きあへぬにはつゆきふれり二荒の山
秋の色を野にとひ山にめつるかな紅葉みにとの旅ちならねと

御殿場にてふしを仰きて

ゆくとく常にみれともみることに驚かれぬる雪のふしのね

加藤博士を大磯なる松林館に問ひて

仙人のすみかたつぬるこゝちして千代わけまとふ松はやし哉

志太にて

かくなからやかていてしと思ふ哉雲にとさせるしたの山まと
はるも來むあきも遊はむしたの里花とひかてら紅葉みかてら

志太温泉にて相良某にあふ二十年の昔內務省にて相み

し人なり

なにとなく人なつかしき山窓にむかしの友とあひみつるかな

志太温泉にて胡桃正見氏にあひてわかれんとしける時

なにとなく昔の友のこゝちしてわかれまをしき君にもある哉

志太温泉にありける頃足立四位か問ひこられし後いひおくりける

中ゝになこりさひしき夕かなとはれすこそはあるへかりしか

志太温泉より京にかへらんとする折しも野口老人來へき由いひおこせけれは一日とゝまりてまつに來らす更にいてたゝんとして

旅衣たちそわつらふまつ人のきたりきたらすさためかねつゝ

風をいたみたゝよふくもの中空にたちまよひたる昨日今日哉

百五十四

志太より京にかへらんとして

心からあこかれいてし旅なれとかへるといへは嬉しかりけり

志太温泉にて高崎男爵かかへらるゝ時余のかへるさに
必す葉山になと契り聞えて

ほともなくあひみん君と思へとも別るゝけふはたゝならぬ哉

高崎男爵の葉山なるなりところの鶴壽山の松林にて

これやけに鶴のよはひの山ならんちよを分けゆく松のした道

この文庫の樓にてふしのすそに入る夕日をのそむ金の
色いとまはゆくてりかゝやくさまおとろかるゝはかり
なりきかへりて後此けしきをおもひいてゝ

ふしかねの入日の影は今もなほめにきらめけり名残さやかに

高崎男爵鹽原の別業より山家の様書きしみやひたる畫

葉書に　山里は心のゆかぬ物もなし嶺の白雲溪川の水
とかきておくりおこせられたるに

いかはかりのとけかるらんよの中を雲に隔てし窓のあけくれ

沼津にやとりける夜隣の室に客ありて何事にかあらん聲たかにいひのゝしるを心とゝめて聞けは室のよしあしをいへるなりけり

呉竹の一よの宿をむらすゝめなとふしたちてさわくなるらん

王子より汽車にのらんとてまつに時すきて來らす

千歳ふる心地こそすれうへな〳〵松は久しき物にそありける

某のよぬす人物置の戸を破りて入りたりしか幸にして何ものもぬすみとらてたち去りぬ翌くる日其あとをみいてゝ人々打ちおとろく

百五十六

人しれすよはによせこし白浪はかへりて後そ立ちさわきける

此頃水戸の大洗に遊ふへきよしかねて足立四位とちきりおきけるか此事によりうからのおそれて旅ゆくことをとゝむるに

大洗いそにみるへきしら浪をまたきたもとにかくるけふかな

年のいそきをさけて松の下庵にあるほと十二月三十一日の夜京の家にぬす人入りて書生部屋にありしものこと〳〵くもちさりぬるよしきゝて

是も又人の子そかしあはれ〳〵いかにわひてのすさひ成らん

くれてゆく年のうき瀬をこえかねてうちやいりけん沖つ白浪

歌子夫人此事を傳へきかれて　御心は海ものかはうち入りしあとしら波にたちもさわかすといひおこせら

れしかは
よをうみにのかれきよみの浦ちとりよる白浪になにか騒かん
又澁澤男爵より　言のはの花さく君か宿なれは冬も緑
の林をそみるとあるに
冬かれのみとりの林入りてこそにほふことはの花もをりけれ
興津にある程ともすれは小島のかたの空の見やらるゝ
は昔三とせはかり住みし故なるへし
ともすれはむかふともなくむかはれぬ故郷ならぬ故郷のやま
興津のやとりをたゝんとて
あすよりはたかことのはにかゝるらんあはれ此海あはれ此山
江尻途中の松原にて
つたかつらはひまつはれし並木松ほしやひともと都のにはに

燒津なる大崩にて

おきつなみちひろのしたにうちよせて心くたくる岩のかけ道

平塚驛にて女學校の生徒とおほしきかあまた小松原を分けゆくをみて

少女子か一むれたてる小松原子のひせさせてみまほしきかな

小島へ行く道にて小學校かへりのわらはとおほしき十人はかり來あひたるか余をみて道のかたへにたちて敬禮するさまいとあいらし

道のへになひきてにほふなてしこにをしへの露の光をそみる

志太温泉にある程ちかきわたりそゝろありきするをりをり小學校生徒か余をみて道の左にたち帽子とりて敬禮するをみて

なか〳〵にひなのまなひの庭にこそ教への草の花は咲きけれ

今かくれか雑詠

柳町なひくゆむろの夕けふりかすむとみしはくるゝなりけり

をちこちのかやりの烟うちなひきゆふ月くらしさすかやの里

一すちのけむりとなりてくれにけり白山のもりほそ川のをか

つゝのおとはまた聞えねと小石川笛こそ響け午にやあるらん

あかつき馬術練習所の馬のあおとをきゝて

暁とよはなりぬらしよかひするこまのあおとのたかく聞ゆる

小石川はつれの晩歩

ゆふけたく煙をぬひて豆腐うるこゑいとほそしたそかれの里

志太をたちて興津へゆくほと雨ふりて山も海も雲のうちなりしつをかにて

百六十

ふしかねも時雨の峰もかきくれてあめふる里の空としもなし

志太よりのかへるさ興津に日頃旅ねして

いくねさめ馴來し軒のまつかせによる〳〵まかふ波のおと哉

三十五年四月興津にある程ゆくりなく松のした蔭に作りし庵をあかなひ得てうつりすむ左に伊豆の山々右には三保の松原龍華寺山なと松のこのまより見渡すけしきいはんかたなし

磯清く波ゆたかなりいさこゝにつひのわかよをまつのした庵

さてこゝを松のした庵と名つけぬ

松のしたいほにて

のかれすむまつのした庵まつこともなくてのとけし松の下庵

とふ家もとひくる人もなかりけりよをへたてたる松のした庵

われなから思へはあやし獨居のなとかくまては樂しかるらむ

なにひとつ心にそむく物もなし人はひとりそあるへかりける

わか軒の栁のいとにつなきけり三保の沖ゆくあまのつりふね

松にふく風はかすみにつゝまれて眠もよほすなみのおとかな

貝ひろふ渚にたちて見かへれはよそめゆかしきわかいほり哉

墨染のゆふへをよするうらなみに水と雲とのいろそわかるゝ

呉竹のふしとのまとにさし入りぬ磯松かえのありあけのつき

松の下庵にあるほと南風いとあらゝかにふきて波のおと松の風いとさわかしき日

おもしろきものゝ調をきく日哉なきさのつゝみのきの琴のね

清見寺山にて

柴人のをしへしみねのひとつ松みえつゝとほきつゝらをり哉

百六十二

清見寺のうしろ山に山ふみして

のほれとも又登れとものほれとも登る山ちのはてそしられぬ

八月十七日雨いたくふりて書齋の庇うらよりもる此程

松の下庵よりかへりきて日數たゝねは

さもこそは旅居かちなる宿ならめ雨にもれとはおほせぬ物を

香亭ぬしと松下庵に語らひくらして

おもしろく今日もくらしつ心あひの友まつ蔭に語りかはして

谷津の釣橋ははりかねにてつりたる也香亭ぬしと共に

渡りこゝろみるにいとあやふし

これもまたよわたる道かはりかねの糸を命のやつのつりはし

一月廿六日ぬしにあはす書きておくる

わかれての後いかならん只ひと日みぬたに君は戀しきものを

興津の水はすへて茶に合はす海邊故にやとて山より涌
出る清水のこゝかしこなるを汲來て味ふに皆ふさはす
ぬしと共に興津川の水を汲み來て試るにいとよし

このめにはこれをおきつの外に又にるものもなき流なりけり

ぬし保養館にあり日ことにゆきかひつゝ

諸共にかくてよはへむ清見潟なみのよるひるとひとはれつゝ

又東海ほてるの室にてかたる庭に椶櫚樹多く風にさや
く音いとおもしろし

歌かたり芭蕉のよるの雨もあれと猶椶櫚の葉の風のゆふまと

ぬしとゝもに江尻散歩の途中

老の坂ともにこえてのゆくて道われやさきたつ君やおくるゝ

ぬし京にかへらんとて出てたつとき　此後も君水くま

百六十四

は興津川ひとりなゆきそあやふき淵に」さるは此程常にともに汲來たれは也

ひとりはのきみかいさめに沖津川涙こそまつさしくまれけれ

香亭ぬしとひ來てもの語の序にことしも冬は興洋に遊ふへしとありしにその夜の夢にぬしと相携へて清見寺に遊ふとみてあくる日の朝

ことしもとちきりおきつの草枕まつ夢にこそむすはれにけれ

松の下庵にある程箕作理學博士東海ほてるに來られけれは日毎に往きかひつゝ語らふいにし年赤羽根に遊ひ王子より上野に歸り精養軒にてゆふけ用ひしことなと思ひいつるにはやく十年あまりの昔とはなりぬ

あかはねの昔のはるはゆめなれや清見か崎のなみのうへの月

松の下庵にあるほと雪たかくふりつもりたりこゝは雪ふることとまれにてかはかりつもるはことにいとめつらしなと人のいふに

こゝにさへたかく降りつむけふの雪都の空そおもひやらるゝ

されはとて誰をかまたん只ひとり向ふはをしきけふのこの雪

興津町中宿の夕景

ゆふけたく烟たなひく軒つゝきさかなうる子の聲のとかなり

松下庵漫吟

何事もあるにまかする窓なれとひとつ足らぬは月日なりけり

松の下庵にあるほと背に大なる癰いてきてなやむこと甚しくほと〳〵たえ入りぬへくおほえけるとき

限ある命はいはすおいか身にたへぬなやみのなからましかは

百六十六

癰疔には櫻井戸の灸しるしあるよしかねて聞きつれはすうるにとみにいちしるしき効あり

消えかへりくたくる露の玉のをゝ結ひとめたるさしも草かな

高橋行恭氏か京よりふりはへてわか病をとひ來るに

遠くより友のとひこし夕窓にうめもかをりてうくひすのなく

松の下庵にある程武藤元信氏より東京よりの文に物思ひもなしといひけん三保の浦は名をきくたにも心こそゆけとあるに

こゝろのみ何かはやらんいさや君とく來てちかくみほの松原

武藤氏か松の下庵に來りやとりてかへらんとするに

まくらうつ波の響をいつかまた君とねさめのとこにきくへき

静岡紺屋町なる浮月樓は徳川從一位公のもとすませ玉

ひしを申しうけてしつらひなしたるものにて浮月の名は庭園に池あるからの名なりとそそこのうたよみてと文明堂かこへるに

いにしへのそのおもかけもいけ水のこゝろにうかふ宿の月哉

松島貞観寺より歌こへるに

千代のいろは雲ににほひて名もたかく峯にそはたつ松島の寺

鶴山保勝會より歌乞へるに

村たつの御國をいはふ聲たかしあさ日に匂ふさくら尾のやま

足立四位か大洗なる別業撫松園にあるにおくる

大洗こゝろのちりやはらふらんのきはの松をなてものとして

慶應三年のころおもふ事ありて

ふみにこそありとは見しか武士の命を捨てんときはきにけり

百六十八

雨はるゝ高嶺の雲の風をたえうきてたゝよふ頃にもあるかな

慶應四年の春おもふ事ありて曉深く故郷を別れける時

ふたたひはかへらしとおもふ我宿の軒はに殘るありあけの月

あらさらん後の此よをおもふには人のうへこそ悲しかりけれ

靜岡にて昔住みける家の跡をみて

ふるさとはありし砌の松はかり一木のこりて野となりにけり

何かはとおもひ捨てつる宿なれと人のすみかとなるか悲しさ

小島にありける頃おもふことありて

小島山たかねの櫻散りにけりきのふまてこそひとも問ひしか

疾によりて職を辭しける時

月花をけふそ心にまかせつるやまひもみよのめくみなりけり

眼の病によりて仕をしそく時菊地博士のよにねもころ

なるとりあつかひをたひけるをよろこひて

嬉しさを包みあまれるたもとよりかつこほるゝは涙なりけり

ゆくりなく勲章を賜はりけれは

何事もなくてくれぬる年たにも嬉しきものをけふのたまもの

廿九年三月流行感冒にて家内こそりてなやみける比

何事もよにおくれたるわか宿をしらてや風のふきはいりけむ

六十の春を迎へし頃歯一つこほれおちたりけれは

このはこそ先おちてけれ分けそむる六十ちの坂の山口にして

第三か猩紅疹にかゝりて煩へるに

いたつきに悩むわか子の様みれは身のやむよりも苦しかり尭

第三の卒業をよろこひて

花さけは又結ふみそみまほしきおほしたてつる園のなてしこ

百七十

さて大阪商船會社の聘に應する事となりしに

よに高くかをれとそ思ふなにはつにけふさきそむる梅の初花

春二かあけたる女子の名をみさと名つけて

生さきのちとせのみかは色かへぬ操も松にならへとそおもふ

第三かこたひうつりすめる横濱の家は海原を見渡して景色いとよしときゝて

いかならんこたひの家のすみ心地思ひやるたに樂しきものを

小中村博士家を根岸にうつさんとして　通路はよしとほくとも呉竹のよを隔てたる宿にすまはやといひおこせたるに

かきこもる竹の根岸の奥しめてよをやすむろに千よ經ませ君

やすむろは陽春廬とかきて博士の號なり

足立男爵に久しくあはさりける頃

あはすあれはこゝた戀しも咲花のみかほし君とは君をかもいはん

男爵は萬葉主人と號せらるれは萬葉調にてよまれしにや

鹿島虚雷か商業のために栃木へゆくよしにて講義聽聞を辭しけるとき

いとまなきよをはゆくとも月花のをり〳〵わけよしき島の道

鹿島虚雷に示す

なりはひのかたへにわけよ敷島の道はよわたるみちの外かは

鈴木鑄子か廣島病院にありて内外瘍病患者の事にいたつくをよろこひて

つくせ君女のとも〳〵國のためまつろふものとよにしらるへく

若葉女史禪門に入りて結跏趺坐の外他事なしときゝて

百七十二

いひおくりける初夏の頃

若葉さすさくらの梢ふく風にはなのうらみものこらさりけり

吹風のさまに執着のあとはさやかにみゆめりよめの憎さを六字の稱號にてうちけす姑のたくひにや

夏木立なひく朝風ふくなへにこゝろのちりものこらさりけり

朝風のふかぬ時はいかにかあらん寺にいりてはほとけとなり家にかへりては鬼となる人よは大かたかゝるものにや

みつえさすならの下蔭朝風はふけとふかねとすゝしかりけり

かくてこそおもふところのりをこえさるものともいふへけれ女史はいつれをかえらふならん

小島にありし頃ひとひ天野某かり行きしにあるしまち

よろこひてとしにまれなるけふなるを鮑しら玉の侍らぬこそくるしけれ、さるは此ほと東京なるうたひ女のさるやうありて此わたりにさすらへぬるかゆるし玉はましかは、そをたにみさかなにといふになにか、そはいときようあるへきをといへは、やかてめし出てぬかほはけしうはあらさめれと、きたるきぬなとあさましきまてやつれたるけにやたゝ山かつのめとおほめかれていつらむかしのとおもひつゝけらる三線とうてゝしのひやかにかきならしたるさはいへ其よの名殘おほえてあはれなり

百七十三

なひきねしきのふの秋のさまもなし霜にやつるゝ野への小薄

歌子夫人地久節の箏歌をきさいの宮に奉りたるをこと

ほきて

てる月のひかりあふきてひく琴の聲くもゐにもすみのほる哉

澁澤男爵か　咲く花の露すふ蜂の多き野に蓼の葉をくふ虫もありけりとあるに

花の露きそふからさにくらふれは蓼は中々あまくやあらまし

武藤元信氏より白に紅梅のかたある果子をおくりおこせたるかいと味よけれは雪の梅と名つけてよみておくりける十二月はかり

木のめにてのとかに春をまつの戸に嬉しくにほふ雪の梅かゝ

萬國郵便聯合加盟廿五年祝典紀念行はるゝこと、余は新聞をみされはしらさりけるを歌子夫人より其折發行の書はかきにて　ふみかよふ道ひらけつゝ友ちとりとし

はいそちをなかは經にけり　天かけり千里をゆくはつるならてけふたつしきのはかきなりけりといひおこせられけれは

いその山なかはこえけるとし波をたつや千鳥の羽音にそしる

かくいひおくりけれは夫人よりさらに多くのゑはかきをおくりおこせて此うち一牧へ紀念のため此うたかきて郵便にいたしてとあるにさらによみておくる

いさゝらは磯の中瀬にかすかゝんあな嬉しきの百はかきかな

さて此はかきにかきて知れる人々におくりける

よもの海にかよふ千鳥のあとゝへは磯の中瀬をこゆるとし波

歌子夫人かりおくりし葉書に切手貼り落しつれはあとより更につくのひおくりしにやかて葉書に　からころ

百七十六

もはりおとしゝをつくのへる君か心のいとそこまかき

といひおこせられけれは十一月はかり

ことのはの花咲きにけりみ冬月はるをわすれてちりし葉垣に

歌子夫人か電車中にて金時計をすりとられけるとき

みちのくをさけてのりにし車にもうたてかゝれる忍ふ

すりかな」とよまれしよしきゝて

くやしくもくるまの袖のすりあひにちりうせにけり山吹の花

四五日へて文のついてに

君か手にかへりかへらすしら波の心にかゝるやまふきのはな

このかへし　白波や海原遠く流しけんかへりけもなし

山吹の花

歌子夫人か捧銃の歌に催されて同しこゝろを

玉きはる命を君にさゝけつゝちかふこゝろはかみそしるらん

わか病日をへてさわやかぬを歌子夫人深く憂ひられ殊に訪ひ來て養生の事なといとねもころにつけらるゝかうからにもまさるはかりにていとよろこはしきにあくる日消息のはしに

言葉にも筆にもさらに盡されぬこのうれしさを何といはまし

加藤きみ子かあしのけにわつらひて千葉へゆきて養ふよしきゝし後久しくおとつれなけれは

あさちはら秋風さむくふくなへにあしの上こそ思ひやらるれ

澁澤男爵再ひやまれける頃　玉のをのかくてたゆへきものそともしらてかふこのまゆ作り哉とあるに

いふせしといふもしはしの繭籠こもりもあへすいつてふ物を

萬葉にまゆこもりいふせくもあるかとあるをふみてよまれし也

又ふく風もけふはうらみし櫻花をしまれてちる時もありしをとあるに

しきしまの國の光のさくら花風もこゝろをおかすやはあらん

澁澤男爵やみぬるよしきこしめされ果子一折下し賜はりしをことほきて

たきの川ひそめる龍も躍るらん雲よりつたふあまつひかけに

長倉の姉君の京にまうてき給ひてわかかたにとゝまり給ひつるころ

何事をかたらふとしもなけれとも向へはやかて樂しかりけり

駿河なる姉君のかねては近き程にとふへしとありけるにさらにさゝはることあれは一月にといひおこせ玉へ

るに

こむ年となと契るらむ空蟬のけふのくれたにたのまれぬよを

植物御苑なるを製せしめられし恩賜の茶を高崎男爵よ
り分ちめくまれたるを味ふに風味宇治とつゆたかはす
かくはしさはまさるはかりにさへおもはるゝに

物は皆育てからこそこのめたにいさやうちには限らさりけり

加藤義子か造りてもて來たる梅の花はいとたくみにて
まことの花につゆ異ならぬを常にかめにさしてめては
やしつゝ

松にのみなにか常盤を歌ふへきちることしらぬ梅もあるよに

守維平氏かあけたるまなこを眞佐留と名つけたるよし
にて歌こふに

百八十

おへる名を心の駒のむちとしてやかて千里にはせよとそ思ふ

露軍よりうちいたしゝ大砲の弾丸の砕けたるを花筒としたるにゑるへけれは歌よみてとあるに

はなかけにくたけてのこる露の玉よはの嵐のなこりなりけり

阪谷夫人より菊紅葉のいとうるはしき果子一箱をおくりおこせられしかは十一月はかり

あかなくにうつろふとみし菊紅葉うれしく窓に匂ふ今日かな

貧生にしめす

うきふしを重ねてこそは竹の子も遂にちひろの影となりけれ

女學生にしめす

からくさの色なる露にうるふとも名をな忘れそ大和なてしこ

尾花にはそてなましへそ女郎花いかに野風のふきまはすとも

卒業生におくる

けふをりし桂はやかて野に山に君かゆくてのしをりなりけり

卒業生によす

よくなれと願ふにつけて梅のみの結ひて末もうむなとそ思ふ

禪曹洞宗大學林卒業生徒か卒業につきての歌よみてと
乞へるに

雪の山出てしむかしの跡とめてふみまよふよの道しるへせよ

落第して他の學校に入らんとする生徒に示しける

今更に舟路なとりそおくるともたゝ一滊車のたかひならすや

川尻貞子か佛事に用ふるかけ服紗にうたかきてとこへ
るに

きえしそのたまにかけても偲ふ哉たむけの蓮の花の上のつゆ

百八十二

加藤即有氏か東本願寺の門主より親しくかつけられたる扇なりとて歌こはるゝに

たくひなき法にあふきはとりもあへす先心こそ涼しかりけれ

菊川氏の家なる余か撰みたる田中領傍示石のいしふみの建碑式に

すゑたてゝかためし石は此宿のやかて動かぬしつめなりけり

福島なる内池某遠祖より傳へたる劔の歌讀てとこふに

うみの子のいやつき／＼に劔太刀心とけとやよにつたへけん

潮生館の嫗榮子琴よく彈けるか高崎男爵　姥神の山松風や拂ふらん心の塵もけふは残らすといふ歌を色紙にかきておくられたるに余にもとて歌乞へるに

いにしへの春しのはるゝひゝきかなうはかみ山の峯のまつ風

姥神山は潮生館の前にある山の名也

市川みと女は昔わか家に仕へし者なるか五十年を經て
ことし訪れ來りてわかをさなかりしときのことゝもか
にかくとかたらふに

ひきかへすものにもかもな竹馬にうきふししらすのりし昔を

小西信八氏の書けるうきふくろといふ書をよみて

うきふくろ千ひろの海もはかるへし人の心そこひしられぬ

知らぬ人より繪葉書を封したる郵書おこせてこれに歌
かきてといふかいとおほきにそのたひ畫によりて歌よ
まんは煩しくさりとてかゝてかへしやらんもさすかに
て

名もしらすみもせぬ圖の此葉かき擱く手たゆくも思ほゆる哉

百八十四

ある人のみつから出版せる家集をみて

心よりおふといふなることの葉もなをまく種となれるころ哉

武藤元信氏か十とせ餘りの月日を重ねて枕草子の調にいたつき十九本に校正していとくはしき考異の成れるをよろこひて

つはらにも栞せし哉かくてこそまくらの峯はわくへかりけれ

むしのくひたる短册に歌かきてと人のいへるに

はなかけにうたひし春や偲ふらんなつの末野のうくひすの聲

枕草紙に鶯の事を評して夏秋の末までおいこゑになきてむしくひなとようもあらぬものは名をつけかへてとあるをとりいてゝよまれしなり

長野幸作か二郎をあけて名をこへるに太郎を辰己といへは皆見とつけてさてよめる

勉め勵め富も貴もこと〳〵くみな身よりとるものとこそきけ

某か久しく詠草をおくりおこせぬに

いつしかとあきやきつらん我門を敲きし水鷄おとつれもせぬ

日清戰役の和議成れる時

さしのほるわか日の本の朝日影まつもろこしに匂ふ今日かな

媾和條約批准とゝのひて東京の町々國旗をかゝけたる
を見て

やちまたに立列ねたるひの御旗うちなひきても祝ふけふかな

偶成

いさ子とも虎ふす野邊をすきかへしやまと心の種おろしてん

いはみするいほりやいかに闔の戸の隙もる風も寒き夜ころを

こととさへくしこのしこ草かりそけて吾言の葉の種そまくへき

百八十六

なへてよを照さんやたの御鏡にひかしの洋そうつりそめたる

幣制問題

花にそふことのはしけみ中々にやまふきうつき色もわかれす

某遞信大臣辭職

やまふきの花のかたかくうこくなり星の光もかつくもるまて

時事有感　三十六年十二月奉答文の事によりて衆議院解散せられしときなり

桃さくらかはせる枝の花みんとまちしかひなきあさあらし哉

ひさかたの雲のかへしの朝風にひらきもあへすちりし花かな

宣戰の詔勅を拜して

おほわしをうつはきにして西東よをつゝむへき時は來にけり

ありなれのふるき誓をねはかはの流にかけんときはきにけり

日露の役に

小藤亨三氏の召集に應して佐倉におもむくをれくる

行けや君ゆきてたてませ天地を動かすはかりたかきいさをゝ

指をりてけふよりそまつ萬歳の聲をわけつゝかへりますひを

出征軍隊をのせたる汽車を見て

これにこそくにの命はつまれたれけに萬歳とほくへかりけり

九連城占領の報をきゝて

勝ちぬ〳〵陸いくさかちぬ朝な夕ないかにと思ひし陸戦勝ぬ

鴨緑の波たちまちにいかた士はくれをすてゝもおちにける哉

愛知縣熱田白鳥山にて出征軍人祈禱會執行するよしにて歌乞ふに

白鳥の羽ふきにおこる神風にわしのつはさそもかれちるらん

同戦死者の追悼を

國のためくたけし玉はやかてよをてらす鏡となりにけるかな

沼津の停車場にあるほと西行の軍隊の車來りて下るゝをみるに人數いと夥し此人々おの〳〵うからやからに別れこし人なるを思へはたふとくも又悲し

御軍にいゆくますらをおやもあり子もあるらんをあはれ丈夫

露營の夢といふうたひものゝ册子の表紙に兵士のかゝり火たきたるか烟なひきて月ほのかなりはるかに山ありこれに歌かきてとあるに

篝火のけふりのすゑのつきふけてゆめちにかすむ故郷のやま

金州占領

かちてすら人はあまたもうせにけりうたてきものは軍なる哉

軍につきて

あこやいかに吾夫やいかに勝軍かちぬときくは嬉しけれとも

あさな夕な號外にのみ耳とめてはつほと丶きすいふ人もなし

みいくさの事きくたひにみゆるかなさらはといひていてし俤

號外とよふひと聲にたえにけりるすもる窓のことのつまおと

おくつきにしきみたむくるたをやめか黒髪さむく秋風のふく

かちいくさ

さしのほる朝日の花の蔭しめてわか丶ちいくさいはふけふ哉

吉田陸軍中尉か二龍山攻撃に花々しき戰死をとけしを

悼みて

くちぬ名と譽の二つたつの山たかきいさを丶たれかあふかぬ

旅順の御軍に従へりし陸軍少尉足立美堅氏いぬる十一

百九十

月廿八日二百三高地にて戰死のよし父正聲ぬしよりつけおこせらる小兒の頃より常に親しくせし人なれは殊にいと悲しく出立たるゝ時相見し事なとおもひつゝけて

うつゝともおもはれぬかな昨日みし俤はかり目にのこりつゝ

亡姪廉平とは同窓にて殊に睦みあはれし事なとおもひいてゝ

手をとりて共にむかしや語るらんちる事知らぬ蓮のうてなに

足立少尉を悼む

身をすてゝ先登りしは名にたてる山より高きいさをなりけり

高崎男爵の息元彦氏か旅順方面陸戰重砲隊にて戰死せられしとき男爵のうたに　なけくことなく事なくてあ

やしきはひとりこほるゝ涙なりけりとあるに

なけくことなくことなしの言のはゝなくにもまさる歎也けり

元彦氏をいたみて

國の爲よろこふにつけくにの爲またをしまるゝ君にもある哉

沖禎介氏の追悼會に

よに殘る香こそ高けれあたしのゝ草の葉かくれちりしその花

名古屋人岡村某出征のとき親たちの年老いたるをうれひて深く別をゝしみいてたちかてにしけるかつひに奉天の役にて戰死しけるよしにて歌よみてとあるに

かへらしとおもひさためし心よりやかて別をさはをしみけん

須將軍

いたつらになとさは人を殺しけん守りはつへき城ならなくに

死なん日に死なしとてこそ降るへき時を知ても降らさりけめ

日本海の海戦にて波艦隊大かた滅ひし由五月廿九日の

夕方きゝて

いさ子ともとく掲けすや日の御旗日暮なりとて此かちいくさ

樺太占領

つひにわかませに匂はん花なれとまつ一枝ををりみつるかな

鷲の手に任せしひなのしまつ鳥嬉しやけふそとりかへしたる

日露媾和談判開かれて和戦の事さま〳〵いひのゝしる

頃日毎に空おほゝしく雲かちなりけれは

はれくもりそらにたゝよふ此頃の人のこゝろや雲となるらん

東郷大将の凱旋を祝す

天地を動かす君かまこゝろはやかてよを搖る名となりにけり

觀艦式　天長節御題

よのほまれつみし皇國の舟そろへ神も嬉しとみそなはすらん

馬そろへ勢そろへ供揃へなとの例あれば觀艦式觀兵式なともふなそろへつはもの揃へと稱へて可ならんかと翁は云はれき

大觀兵式

みそなはす大御心やいかならん勝ちほこりたるつはもの揃へ

靖國神社勅祭

靖國の宮につきなすひとのやま君か御稜威のたかさをそみる

時にふれて

おもかはる人のすかたを鏡にてわか身の老もうつしみるかな

月花にまかせぬふしをかこつかなうき事しらぬよをは忘れて

文机の今日のしわさははてにけり歌やよまゝし文やかゝまし

野に山におもふまゝなる露の身をおきところなくなけく頃哉

うたゝねの夢のうきはしさなからにみつせの川に渡してし哉

おしつよくなりこそまされつけ物のからきよわたる人の心は

笹栗のおちても拾ふ人をなみみはいたつらに朽ちやはてなん

こゝもまた町となりけりきのふまてほたるかりせし駒込の原

釣瓶なは長き短きくるま井のくらへくるしきよをいかにせん

正述心緒

ためしなきみよにたつたに嬉しきを此道にしもまつろふる哉

よし人はしりもしらすも後のよに偲はれぬへきこと草もかな

述懷

もたすしてあらまほしきは子也けりもたまほしきも又子也鳧

樂しきは樂しとのみも思はねとうきは誠にうくこそありけれ

長からぬ我世の程をくるとあくといとなく何に繋かる丶みそ
たらちねの膝によりつ丶ふりつ丶みふりし昔そ戀しかりける
有はなくなき將無にあらぬよをしりてあるよを有經てしかな
かくて身は老いにける哉かくのみはあらし〳〵を言草にして
よの中にうしてふ事はなかりけりうきはうきよの習と思へは
のとかにもふれはへぬへきよの中をうき物にして過しつる哉
けふもまた歌と文とにくれにけり思ふことなきわか世なる哉
月花のをり過さすもめつるかな人にしられぬ身こそやすけれ
ともすれは昔のみこそ戀しけれさりとて今の憂にはあらねと

老後述懷

よの中の色皆あせてちりぬめりわか身の秋やくれんとすらむ

爐邊述懷

百九十六

かきいたく火桶の火箸つく〳〵と思へはわれも老いにける哉

寄山述懷

うき時のことくさにのみいひ〳〵て終にみ山の奥ももとめす

寄縄述懷

是そよに身の繋かるゝ絆なるなはなくてこそあるへかりけれ

無題

つひにまた嵐にまさるつらさをはしらてや花の雨にさくらん

樂しくとまてはねかはす長からぬわかよを安く送りてしかな

あきものゝ道いや進むよにそへて名をうる人そ繁くなりゆく

今更におとろかれぬるよなる哉かはるは常とおもひしる〳〵

雲の上になきかはしつゝ草にふす野への雲雀の身こそ安けれ

ことのはの花より結ふ契こそみのなりいつる種にはありけれ

はしき子を旅にわかれてつく〳〵と眺むる空のいりあひの鐘

有感

名をうりて田を買もあり田を賣て名をかふもあり面白のよや

あすか川あすともいはす時のまにかはりゆくよを何に譬へん

おもしろく移りゆくよのひとこゝろことはの花ににほふ頃哉

一つかひ離れぬをしはすむいけの中々戀をしらすやあるらん

たゝ一日みさりしやまの櫻花咲きにけるかなちりにけるかな

みつからの寫眞にしるす

おもかけはさもあらはあれ人に似ぬ心をいかて寫してしかな

秋香集 短歌終

明治四拾年六月 十 日印刷
同　年六月十五日發行

著者　中邨秋香
東京市日本橋區榑正町一番地
發行兼印刷者　藤井孫六
京都市御幸町姉小路北八番戸
發行者　藤井孫兵衛
東京市神田區三河町一丁目十四番地
印刷者　丸利印刷合資會社

東京市日本橋區榑正町　（電本局八八七番）
京都市御幸町姉小路北　（特電　五二一番）

發兌　五車樓

後　記

縁とは本当に不思議なものである。幕末駿河歌壇史研究も『三叟和歌集』から始まり、今回の『秋香集 短歌』で五冊目となった。

最初の二冊は花野井有年関係の歌集である。特に『蔵山和歌集』は静岡浅間神社とも深いかかわりがあった。そして、山梨家に移り、山梨志賀子の全歌集を刊行することができた。その後、戸塚種子、中村秋香といった山梨家ゆかりの歌人を扱うことになった。中村秋香までたどり着いたところで、それまでを振り返ると、再び静岡浅間神社につながる。つまり、中村秋香は静岡浅間神社境内に鎮座する玉鉾神社に、初期の段階で関係していたのだ。花野井有年が中心となって編んだ『蔵山和歌集』は、静岡浅間神社と久能山東照宮に奉納されている。

いずせれにせよ、静岡浅間神社と山梨家との深いかかわりの中で駿河歌壇史研究は順調に進んでいった。折しも、本年は中村秋香生誕一八〇年の節目の年であり、感慨もひとしおである。

私が私淑する佐佐木信綱先生は短歌の実作とともに、古典文学の本文構築に多大な業績を残された。先生の偉大な足跡には遠く及ばないが、埋もれかけていた郷土の文学を発掘し、できる限り正確な本文をわかりやすく提供できた喜びは何ものにも代え難い。

これからは、確定した本文をもとに、これらの歌集に収められた和歌そのものの研究が進んでいくことを期待したい。

最後に、前書同様、中澤伸弘氏と鈴木亮氏には貴重なアドバイスを数多くいただくことができ、存外の喜びである。また、清水郷土史研究会の佐野明生会長には貴重な郷土資料を紹介していただいた。羽衣出版の松原正明代表には、復刻という厄介な作業をお願いし、感謝にたえない。

令和三年六月

桜井　仁

〈編者紹介〉

桜井　仁（さくらい　ひとし）

昭和28年静岡市生まれ。

國學院大學文学部卒業・同専攻科修了。

常葉大学非常勤講師・利倉神社宮司。

歌誌「心の花」所属。日本歌人クラブ東海ブロック幹事。

静岡県歌人協会常任委員。静岡県文学連盟運営委員。

著書に歌集『オリオンのかげ』『夜半の水音』『アトリエの丘』『山の夕映え』『母の青空』、句集『はつ夏の子ら』『峡の風花』、共著『静岡県と作家たち』『新静岡市発生涯学習20年』、編著『校訂 三叟和歌集』『蔵山和歌集』『山梨志賀子短歌集成』『柳の落葉　戸塚種子歌集』などがある。

現住所：〒420-0913　静岡市葵区瀬名川2-19-23
TEL・FAX：054-261-2090

復刻版 秋香集 短歌

令和三年九月二十九日発行
定価　本体二七二七円＋税

原著者　中村秋香
編　集　桜井　仁
発行人　松原正明
発　行　羽衣出版
〒422-8034
静岡市駿河区高松3233
TEL　054-238-2061
FAX　054-237-9380

ISBN978-4-907118-66-2 C0092 ¥2727E